散文中国 精选

SanWen zhongguo

这世上最疼我的人

杨献平 著

天津出版传媒集团

天津人民出版社

图书在版编目（CIP）数据

这世上最疼我的人 / 杨献平主编.— —天津：天津人民出版
社, 2013.8（2019.7 重印）
（散文中国精选）
ISBN 978-7-201-08301-8

Ⅰ.①这… Ⅱ.①杨… Ⅲ.①散文集-中国-当代
Ⅳ.①I267

中国版本图书馆CIP数据核字（2013）第172567号

这世上最疼我的人
ZHESHISHANGZUITENGWODEREN

出　　版　天津人民出版社
出 版 人　刘　庆
地　　址　天津市和平区西康路 35 号康岳大厦
邮政编码　300051
邮购电话　（022）23332469
网　　址　http://www.tjrmcbs.com
电子信箱　tjrmcbs@126.com

责任编辑　伍绍东　杨　莉
装帧设计　汤　磊
印　　刷　天津兴湘印务有限公司
经　　销　新华书店
开　　本　700 毫米×960 毫米　1/ 16
印　　张　10.5
字　　数　120千字
版次印次　2013 年 8 月第 1 版　2019 年 7 月第 3 次印刷
定　　价　26.00 元

目录
Contents

贫贱的温度	1
乡村少年的梦与灰	11
我们为什么热爱母羊	24
有关父亲，其实我哪儿都不疼	27
这世上最疼我的女人	33
生死花园	43
父亲的口琴	48
我的梦想之旅	51
我们的生活	60
人也是有根的	74
我爱的黄金是你们	77
往事的深度	86
父亲考	93
姓爸爸的人	114

目录
Contents

叙述巴特尔 122

在春天慢慢疼痛 139

有一种悲伤在劫难逃 150

贫贱的温度

母亲叫我试试。一件花方格上衣，红白相间，在北风洗劫、草木裸奔的南太行冬日的乡村里格外醒目。我刚从外面疯跑回来。虽然前几天下了一场雪，房檐上挂满了针头或小葫芦一样的冰溜子，空气冷得冬麦都拉着干土睡大觉了。而我们这些孩子不怕冷，手冻得像冰糖葫芦，鼻涕挂在上嘴唇。几个或十几个同龄孩子，拿着弹弓、弓箭、手枪、长棍等木质微缩冷兵器，你打我闹地把整座村庄的冬天搅得风生水起。

大人们坐在屋里抽烟，围着火炉把脸和手心烤红。其中有几个爷爷奶奶，特别会讲故事，《三国演义》《水浒传》《隋唐演义》张口就来，比收音机里面单田芳的评书，还抓挠人心。我爷爷是一个讲神鬼僵尸故事的绝顶高手，一到冬天，好多人围着他，给他香烟，让他讲一个，再讲一个嘛。我天天晚上和他一起睡，睡前必然要他讲故事，不然我不给他倒夜壶，或故意把他的烟袋杆藏在枕头底下。

这样的日子年年如一，人还是那些人，事儿还是那些事儿，可是风和风中的树木茅草尘土却不是去年的了。从八岁那年开始，我就觉得，整个村庄的冬天单调得像一个老汉拿着一块石头翻来覆去地丢，一次次甩出，到南墙上，冒出点响声，然后再捡回来。这一行为当中，预示着整个世界都患了孤僻症。而一进入腊月，心里就有了一点莫名的兴奋，好像一根二胡弦子，无意中被手指碰了一下，嘶哑而有快感的声音令整个南太行乡村冬天的生活才有了人间烟火的味道。

过了腊月十八，冷不丁有人在自家院子外燃放了一枚鞭炮，脆响把乌鸦吓得往天空逃窜，小灰雀突突钻进草丛或房檐。

我穿上母亲做的花方格衣服，自己看了看说，这是傻妮子们穿的嘛，我不要！母亲嗔怪说，你才豆丁大，啥妮子小子的，就穿这件过年了！我要脱，母亲说脱就脱吧，到年三十再给你穿。我"哼"一声，甩下红方格衣服，一扭屁股，就又钻进了裹着雪粒在村庄巷道里乱窜的北风中。晚上回家，我说，娘，人家老军蛋家买了好几挂鞭炮，大大的那种，一根炸响，俩耳朵打忽闪！咱家啥时候买？娘放下正在揉的馒头，把面手擦了擦，又去拿白萝卜配鸡蛋韭菜做的馅子。

我说娘你咋不理我？娘说，没见我忙啊！

天刚发白，我就醒了。娘还在睡，灶膛里的木疙瘩火早就成了白色灰烬，偶尔有三两颗火星被从门槛下挤进来的风掀开，在还暗黑的房间里格外鲜亮。我摸索着穿衣服。娘醒了，看了看我说，儿子你干啥？我说我起来去代销点买鞭炮。娘说，你去吧，没钱看人家给你不！说完，又翻转了身子，朝墙睡。我大声说，那我该咋办？娘不吭声。我在炕上坐了一会，想想娘说的是真理。

老鼠们还在活动，闹出的声响比屋顶上的风还大。我们已经听惯了，老鼠们在和人抢粮食，我恨它们，但母亲说，老鼠也得吃东西，和人没啥区别。我一个人无聊地在渐渐明晰的凌晨坐了一会儿，冷。母亲把我揽在怀里。我又问，爹啥时候回来？母亲说，应该快了。我又问，爹回来会带很多的鞭炮吗？娘说，能带回点钱就啥都有了，不说鞭炮，连羊肉也有了！

我说，娘你不是不吃肉吗？我也不吃。

娘叹了一口气说，你爹要吃，你弟弟也要吃。还有你爷爷奶奶，老了，当儿子儿媳的，过年得买点送去。

弟弟醒了，先是抻懒腰，再撇开小嘴哭，母亲把他抱起来撒尿。我重新钻进自己被窝的时候，天亮了。外面有了人行的声音，鞋底噗噗、沙沙地，清脆而又不明所以。正要穿衣，一声爆竹从村子上面传来，声音蹿到对面山坡上，弹回来，再震响我的耳膜。从方位分辨，我知道肯定是老军蛋燃放的。他爹是大队支书，虽然也种地养牛羊，但家里好吃的好玩的总比我多。

我也问过母亲。母亲说，人家爹是大队干部。我说为什么干部的孩子就有那么多的好吃的和好玩的？母亲说，等你长大就知道了。

北风一天比一天紧，村子内外的树都成了光条条。黄昏，母亲正在蒸馒头,一个人背着行李卷,挎着一个黄布包踏进家门。我一看是爹。他掸掸身上薄薄的一层雪,摘掉头上的黄皮帽子,冒出一股白气。我说,爹,你头上冒烟了。他说是汗。歇了一会儿,父亲起来把行李卷缓慢打开,拿出几包饼干、糖块、瓜子、香烟等。我在旁边眼睁睁地看着,多想那里面蹦出一串红鞭炮啊!可直到父亲把所有东西都摆出来,又从棉袄里摸出一沓子钱,递给母亲,还不见我渴望的鞭炮。

我不知道自己怎么那么热爱鞭炮,总觉得,过年就是放鞭炮,吃什么都不要紧,鞭炮一定要有。每年大年初一凌晨两三点钟,鞭炮声就此起彼伏了,你一挂我一挂地燃放,噼噼啪啪的声响把枯寂了一年的村庄炸得热火朝天,山峦沟谷也热烈响应,整个村庄似乎进入了另一个世界,一切都笑逐颜开、生动吉祥。

我还觉得,往日里经常因为一分地、一株树苗、一池水骂仗打架的人脸也不黑了,见到谁都呵呵笑。两家人,即使有天大的怨隙也都装作若无其事,见面可能不说话,但不至于在这几天内大吵大骂,展开肢体交流。

孩子们一手拿着鞭炮,一手拿着燃着白烟的木棍,在院子、巷道、路边和碾道上炸出响声。年纪小的点着炮捻子就跑,一边捂耳朵,等炮炸响,讨论下响声大小,顺势再燃放一枚。更好玩的,是把一枚鞭炮放在雪里,或用土埋住,点燃爆炸,看雪被淬黑,沙子被炸飞。还有的,把鞭炮放进罐头瓶子或破旧瓦罐里,看瓶子碎裂或嗡响,瓦罐无奈地弹跳几下,再滚到别处。年纪稍大的一些人,则喜欢燃放二踢脚,手抓中间部位,用烟头点着捻子,二踢脚爆响,下半身砈在地上,上半身腾冲而起,到半空炸响,声音大得似乎能把玉皇大帝的耳朵震聋。

离过年还有十来天,老军蛋已经开始放炮了。每年这个时节,母亲就不买鞭炮,任凭我怎样哀求,她都说还不迟呢,再过几天买。我知道她担心我买回鞭炮就忍不住要拿着火棍子满院子乱放炮,等不到大年三十,还得再买。可是我老羡慕,揪着母亲的衣角哼哼唧唧说,娘买鞭炮吧买鞭炮吧娘。母亲心情好了就说再等几天,不好了,一把甩开我。

我大声哭。通常不顶用,除非哭得厉害了,母亲才大发慈悲,给我两块钱,让我自己去代销点买一挂小鞭炮回来自己玩。

我看父亲没带回鞭炮,他给我饼干和糖,我哼哼着不吃。父亲说你要啥?我说咋不带鞭炮回来。父亲说,在车上,那么多人抽烟,点着了,满车的人不都"嘣"一声震出去了吗!我说我不管,我就要鞭炮。父亲说,先吃了饭,一会儿我带你一块买去!我刚嗯了一声,心还没乐开花,就听母亲呵斥说,你哪儿来的钱给他买鞭炮?父亲笑着的脸立马被冻住了,说还留着点儿买烟的钱。

夜晚的乡村冷得穿着大衣也会觉得屁股冰凉冰凉的,领口稍微有点儿缝隙,风就会钻进来,贼寇一样扫荡全身。我缩着脖子,父亲拉着我的手,往二里地外的代销点走。老远就看到平日里黑黢黢的代销点灯火通明,一盏 100 瓦的白炽灯泡把黑夜撕开一大块,连十米外的碎玻璃都能看得一清二楚。很多人在,卖香烟、酒、糖、瓜子、对联、灯泡以及蜡烛、柏香、冥纸和银锭等祭拜用品。父亲买了一些别的,问我要啥鞭炮,我说要大的 10 挂,小的 10 挂,再买点二踢脚。父亲说,哪有那么多钱,少买点。我说人家老军蛋家一样买了 30 挂,二踢脚大小500 个。父亲说,少买点,等以后长大了,你当了大队支书,买 1000 个我都不说你半句。

父亲点了一根香烟,递给我。我拆了一挂鞭炮,放在路边,用父亲的烟头点着,转身就跑。可能太紧张,根本就没点着。再哆嗦着冻手去点着,再迅速跳开,脚还没落地,就传来一声脆响。连河沟都有了回声,鞭炮声似乎钻到冰下,跟着流水传到了五里地外的石盆村。父亲边走边对我说,回家再放吧,不然人家不知道是你放的,鞭炮是咱买的。我想想也是,跟在父亲后面,抱着十几挂鞭炮带着寒风闯进了家门。

那一夜,我搂着鞭炮睡,母亲说,鞭炮里有火药,揉坏了就撒在炕上了,你爹他再一抽烟,就把房子点着了。我听了有点儿害怕,无奈把鞭炮放在枕头边。早上醒来,枕头边空无一物,正要咧嘴哭,正在烧火的父亲说,你的鞭炮在桌子上啊!我一看,果真整整齐齐地放在黑漆木桌上。三下五除二穿好衣服,脸也不洗,就到门外燃放鞭炮。母亲说,今才二十三,这几天要放的话,到大年三十就没了。我不管,又点了几枚,听清脆的爆竹声在自家炸响,心里好像喝了三斤蜂蜜,甜得直转圈儿。刚要回家,忽听村子中间连续响了两声。我知道是老军蛋干的,而且是

把两枚鞭炮捻子绑在一起点着引爆的。

我也那样放了四枚,就被母亲呵止了。父亲说,别急,今儿个腊月二十三,要打发老灶爷上天,到时候,要放一挂鞭炮。我正在懊恼,听父亲这么一说,转忧为喜,问他什么是打发老灶爷上天?父亲说,老灶爷常年待在咱家,管柴火饭菜,咱家一年做的事儿他都知道。腊月二十三这天,全世界的老灶爷都要上天庭去报告各家各户做的好坏事儿。把老灶爷哄高兴了,到天上说咱好话,玉皇大帝给咱降福消灾;要是得罪了老灶爷,他上去净说咱家坏话,咱家就得倒霉。

父亲的一番话说得我汗水淋漓,满心惶恐。正在这时,老军蛋带着二黄毛蹿到我们家院子里,手里提着一挂鞭炮,大声说,杨献平,杨献平你出来,敢和我比赛看谁放得多不?我一个纵身跃出门槛,看着扎着一头乱毛的老军蛋和站在一边嘿嘿笑、头发比黄狗毛还黄的二黄毛,气不打一处来,二话没说,就蹿回家里,取了一挂鞭炮冲了出去。老军蛋和二黄毛学着唱戏的哈哈——哈——哈哈——哈哈……笑了一阵,然后蹿到马路上,点了一枚鞭炮,啪的一声,把两根小树枝炸得连滚带爬。我也不示弱,把一枚鞭炮放在地上,上面压了两块小石子,然后点着,又一声脆响,被炸起的小石子飞起来,正打在二黄毛的耳朵上。

二黄毛娘老远听到二黄毛的哭声,蚂蚱腿三下五下蹦到马路上,先弓着身子,撅着破锣一般的屁股,大声喊:谁把俺孩子打了?哪个他娘的欺负俺孩子?我吓得一溜烟蹿进家里,母亲听到二黄毛娘的骂声,瞪了我一眼说,你又给俺惹祸了啊!然后走出去,笑着对二黄毛娘说,孩子们玩的,一个小棍棍弹过去了。二黄毛娘两手叉腰,对着母亲就是一顿乱骂。我在门里看到,二黄毛娘叉着腰还蹦,右手指像根黑木棍,唾沫星子比小孩尿还高。父亲出去说,骂啥骂,孩子闹个玩,你还不行了你!二黄毛娘还在骂,二黄毛爹不知从哪儿冒出来的,站在二黄毛娘身后,大声说,快过年了,扯嗓子骂人老灶爷要上天汇报的,还想明年有个好日子不?二黄毛娘一听,骂声戛然而止,跟突然浇了水的木柴火一样没了火苗。

擦黑时,雪下来了。因为二黄毛和他娘,一家人心情都不好,事儿因我而起,我知道错了。无论老军蛋怎么到门上挑衅,甚至连放十根二踢脚，我看都不看他一眼。母亲蒸好了一锅馒头，虽然掺了玉米面，但还是白白的，像堂哥二狗刚生了孩子的老婆的两只大奶子。母亲要我和父亲谁也不要先吃，然后叫我拿一挂鞭炮先到院子里作好准备。我郁闷一下午，母亲主动让我放炮，立即高兴起来，蹦了几蹦，就到了院子里。可发现没带火柴。回屋取的时候，发现母亲把馒头摞起来，放在灶台上，在一边点了蜡烛，烧了一些银锭，口中念念有词，然后跪在地上磕头。父亲说，赶紧放炮。我蹿出门槛，把鞭炮扔在地上，小心点燃。一时间，鞭炮连续炸响，把我们家冷清的小院弄得火光流蹿，金碧辉煌。

几乎与此同时，鞭炮一串接一串在村中炸响，附近村庄也加入其中。整个莲花谷乃至南太行乡村人，都在默念着"上天言好事，在家保平安"，把长年累月蹲在灶火上的老灶爷欢天喜地送上了天。我问父亲，老灶爷到天上咋向玉皇大帝汇报呢？父亲说，这个我就不知道了，人家是仙人，咱凡人哪儿知道人家的事儿呢？母亲抱着弟弟喂完奶，又放在炕上。对父亲说，明天扫房子吧！父亲嗯了一声。九点钟，村庄就没了灯光，只有老军蛋家的院子里还亮着，不知何时挂上的两只红灯笼把周边枯树也照得满身猩红。躺下后，又有两声二踢脚的响声从老军蛋家方向传来。我说老军蛋还在放炮。父亲说，让他放，咱不管他。

第二天，开始扫房子。家里的东西都被搬了出来，搬不动的，盖了报纸、破纸箱子或者塑料布。父亲挑着荆条篮子，从对面山岭上担回黄土，放在院子里，用水和了，再用谷子做的扫帚一下一下地往墙上抹。半天时间，我们家就焕然一新，泥土的腥味迅速消散。躺在炕上，觉得长年累月的家突然有了一种特别舒服的感觉，好像换了一个地方。南太行乡村俗语说腊月二十四，就该"扫房子"，并有顺口溜流传至今，说："二十三，打发老灶爷上天；二十四，扫房子；二十五，磨豆腐；二十六，蒸馒头；二十七，胡个走；二十八，贴对子；二十九，剁柴火；三十，包饺子。"把腊月二十三以后的日程都提前安排妥当了。二十五，父亲和母亲担着早就泡好的黄豆瓣儿，到邻村用豆腐机磨成浆，回来倒在一口大锅里，慢慢地加热，锅里就多了一块块的豆腐；再舀到一张薄布上，包住，几个人一起使劲揉掉水，用平底锅盖压住，再放个大石头或

者十来斤重的铁锤,大约二十分钟,就是一块白溅溅的豆腐了。

父亲和母亲都喜欢吃豆腐,往往,豆腐刚开,他们就盛两大碗出来,连水一起,放点盐和小葱,吃得嘴巴乱响。我不喜欢吃,觉得豆腐味道腥气,可父亲总要我吃,我就捏住鼻子,他喂到我嘴里。母亲说,好吃呢,不吃后悔呢,傻孩子。我还是不吃。即使成块的豆腐,不小心舀到碗里,也要捡出来。豆腐做好了,母亲包上几块,叫我给爷爷奶奶送去。姑妈家也给他们送。爷爷眼睛瞎了多年,坐在炕边抽烟;奶奶颠着小脚成了家庭的主力。见我来,爷爷总要给我一点儿好吃的。奶奶总对我说:恁娘不吃肉,也不买,叫恁爹晚上到俺家来,炒了羊肉。

母亲确实不吃肉,她和大姨妈对肉深恶痛绝,大姨妈更甚,连肉腥味也不能闻,闻到就翻江倒海地吐。我也随了母亲。有一年春天,一户人家骟羊,弄了很多公羊睾丸,炒了一大锅,叫我们去吃。我不去。父亲说,好吃呢,去尝尝吧。我去了,吃了两块,刚咽进肚子,就觉得有两只小羊羔在我胃里乱踢。放下筷子,转头就想吐。父亲也去了,据说吃了好多。

到腊月二十六,年的味道就浓得粘鼻子了,灯笼彩条挂在各家门前房院,炖肉、炒鸡蛋的香味把干树杈都馋得脑袋乱摇。我们家只有鸡蛋的香味,那两只功高盖世的老母鸡也享受了母亲给予的最高待遇,两包玉米粒把它们激动得把嘴连连往石头上硬碰。我又去看了看放在里屋的鞭炮。心里想,过年没啥都行,鞭炮一个都不能少。心里想着,爷爷奶奶一定会给我好多鞭炮,到明儿个,他们就该叫我去拿了。

院子里全是阳光,看起来很热,实际上很冷。尤其是雪后的天气,太阳就是趴在头顶上,风也咬人手。我正在看对面人家贴对联,老军蛋忽地一声从巷道里蹿出来,一手拿着半挂鞭炮,一手拿着一个黑红的东西不住地啃。我说,老军蛋你爹今年给你买了多少挂鞭炮二踢脚。老军蛋说,数不过来!我说数不过来那是多少?他说,你笨蛋啊,数不过来你说是多少?我说,数不过来就是没有!老军蛋手一抬,就把手里一个东西冲我丢了过来,我没来得及躲闪,打在肩膀上,落地才发现那个东西像猪蹄子。我犹豫了一下,捡起来,又朝老军蛋丢了过去。

老军蛋也不示弱,一手提着半挂鞭炮,一手拿出火柴,擦着火,燃着

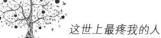

就朝我扔。我蹦了一下，鞭炮在我脚边机关枪一样响了一顿。我骂狗日的老军蛋你等着，老子用二踢脚把你顶到天上去！老军蛋也骂我说，你他娘的等着，老子回去拿大二踢脚把你顶到你姥姥家去！说完扭身从巷道蹿远了。

母亲把秋天切成条状的干白萝卜条用水淹了，一夜就舒展开来，但有点尘土和烟火熏燎的味道。然后割韭菜，炒鸡蛋。炒好后，给我夹一大块吃，也给弟弟一大块。我说娘你也吃一块。母亲说，俺不吃，等包成饺子大年初一早上吃。然后在案板上和面、揉面、擀饼、包饺子。包一会儿，她就自言自语说，要是再有个闺女多好！长大了就能和俺合包饺子了。

腊月二十八晚上，家里处处点了蜡烛，门外玉皇大帝前也是，村外的土地庙、山神庙乃至三里外的龙王和猴王庙，也都香火鼎盛，从这边，都把河沟对面的岩石茅草照得一清二楚。我问父亲为什么在家里点那么多蜡烛。父亲说，里屋放粮食，有粮食的神，炕头是祖宗，正墙上有观音，灶台是老灶爷，水瓮有龙王。我说平时怎么不见他们呢？父亲说，小孩子不要瞎说，仙人就是站在你跟前，咱也看不见。

气氛庄严肃穆，像一种古老而神圣的仪式。入夜，烛火遍布家院，光辉摇曳，柏香袅袅，味道泛滥。父亲要我把鞭炮放在桌子上，不要放在抽屉里。我说为啥。父亲说，大年初一，太阳没出来前，不能开抽屉，不然，一年钱财就散尽了；母亲说，初一一早上也不能拿针，拿了舅舅就心脏疼；也不能泼水，水也是财，连洗脸水和尿都不能倒掉。我说这都是些啥规矩？父亲说，老辈子传下来的规矩。父亲把包好的饺子放在水瓮上，老鼠够不到，父亲把香烟、糖块之类的也放在桌子上。跟着父亲去给爷爷奶奶送了些年货，回来躺下后，父亲说明天早上不管谁起得晚，都不能说"还不起床"，那样说，就相当于叫人生病，连炕都下不了。要说就说"起了！"

母亲拿出早先给我试过的那件花方格上衣，放在我枕边，叫我一早起来穿上。并随口说，过年了，穿新衣，人家孩子能穿上，俺也要你和弟弟都能穿上。我嗯了一声，尽管心里还有些抵触，但相对于一大早起来肆意燃放鞭炮的快乐，这已无足轻重。夜似乎冷到了极点，风继续

吹,屋顶好像野兽奔蹿,树枝发出的嚎叫令人毛骨悚然,仿佛整个世界的命运都变得凄惨,不期然的两声鸮鸣,使充满吉祥愿想的大年三十晚上凭空多了些玄诡。有几年,大年三十晚上会下大雪,雪在红烛与诸神飨宴的夜晚显得突兀而又有一种神秘的美感。"生活美满,吉庆有余"之类的对联饱含愿想,牲口圈门上,也写着"五谷丰登,六畜兴旺"。睡到十一点,我醒了。问父亲几点,说还早。再睡,到凌晨一点,父亲说还不迟。到三点,我就睡不着了,闹着要起来。

几乎与此同时,鞭炮二踢脚响了起来,不用听,还是从老军蛋家院子里传来的。每年,他们家起得最早。老军蛋爹常说,大年初一谁起得早,谁一年就顺顺当当,干啥事儿成啥事儿!我赶紧穿上衣服,跳到地上。父亲说,先要摘一枚鞭炮,点着,丢在门口,然后再开门。父亲说,这时候是阴间的世界,很多鬼魅就站在门口,鞭炮能把它们驱散。打开门,黑漆漆的,要是下了雪的话,黑夜都像黎明。

没有风,就是冷,手伸出去,像是一群小虫子,使劲咬。我先点燃了一挂鞭炮,三百响或者五百响,把猪狗鸡都惊得乱哼胡叫。再看村里,一家家都打开了灯笼,一阵阵的鞭炮响彻山间,连后山的悬崖也积极回应。母亲起来了,父亲在灶台点火,冷冷的家里一下子就温暖起来。我烤烤手,再出去放鞭炮。母亲把饺子煮好,我猛吃几个,又蹿到门外。父亲还没吃完,我就催他去爷爷奶奶家。

大年初一早上必给长辈磕头拜年,村村、家家如此。我和父亲端着饺子,走到爷爷奶奶家,他们正在吃饺子。我和父亲单膝跪地,父亲叫爹娘,我叫爷爷奶奶。爷爷奶奶说来了就好了。父亲会坐在灶火边,奶奶给他盛一碗饺子,说是羊肉馅的,父亲爱吃肉,几口就吃下了。然后带上我,去给其他长辈拜年。路过比他小的人家,他就在外面等着,让我一个人去。每去一家,单膝跪地,磕头,都能收获一些大大小小的鞭炮,转一圈回来,四个衣兜都装满了。

到老军蛋家,他娘随手给了我一挂三百响的鞭炮,我兴奋至极,连声说奶奶好,爷爷好。老军蛋爹给父亲一根大前门牌香烟,并说,这烟一般人买不到,是乡里刘书记从北京带回来的。父亲羡慕地笑笑,把香烟放在鼻子下闻闻,再凑近蜡烛点着,深深吸了一口吐出来。

9

回到家，太阳还没出来，母亲就让我陪她去土地庙。她拿着馒头或饺子，去给土地爷山神磕头，念叨一些话，我在旁边燃放鞭炮。太阳刚在东山尖上露了一个头，感觉村庄崭新极了，不管房屋还是茅厕，都像涂上了一层釉彩，亮亮的，滑滑的，给人的感觉特别舒服。村里人大都会一家人坐在一起，围着火，喝两口酒，说些东南西北的话。我们则在院场里比看谁挣得鞭炮多。然后肆意燃放，把新出的太阳都炸得在冰溜子上晃个不停。老军蛋嚷声最大，放的鞭炮也最多。跟屁虫二黄毛在一边起哄。我拉了几个到一边去燃放，老军蛋急了，说你敢拉我的人！我说人家愿意的！老军蛋一跺脚，双手叉腰指着我鼻子说，你再敢拉我的人，我立马叫二黄毛娘骂你，信不信！

这个我还真有点儿怕，心情郁郁回到家。母亲抱着弟弟睡回笼觉。父亲又去了爷爷奶奶家里。我在门槛上坐了一会儿。中午吃了一点东西，再出去玩了不大一会儿，天就又黑了。一家人坐在一起吃饭，嚼食的声音在处处崭新的房里响动。收拾了碗筷，父亲说，今晚好好睡会儿吧！我说我还想出去放鞭炮。母亲说，傻孩子，你听听谁还放鞭炮呀！等到正月十五再放！我说过年不是天天可以放鞭炮吗？父亲说，这是有规矩的，除了春节和红白事儿，放鞭炮就是糟蹋钱。

村子果真没了鞭炮声，就连老军蛋家也早关了灯笼。我才知道，所谓的春节也只是半天热闹。父亲看我闷闷不乐，帮我脱了衣裤，放在他被窝里。一家人躺下，除了风和偶尔三两声狗叫，一切都安静了下来。夜晚温热，炭火在灶膛里独自明灭。

乡村少年的梦与灰

冬天怎样度过

　　大雪下来了,在那个冬天。它们下落的姿势,让我想到了一个刚刚学到的词语:"灵魂。"缓慢、轻盈、曼妙,有核但透明。暮色升起来,仿佛一块柔软的石头,从地面拔起,向上的动作,充满温柔暴力。我大喊:下雪了,下雪了。母亲在枣木案板上擀面条,父亲蹲在灶火旁边抽旱烟。整个房间满是黑色的烟,熏得我睁不开眼睛。

　　我又跑出去,院里的雪很厚了,鸡们早早钻进窝里。只有猪在圈里哼哼唧唧。远处的森林不再是青色的,而是黑白参半;一年的枯草在最后的时光中摇晃身子。整个村庄都在静默中。各家烟囱青烟弯弯曲曲,从枯了的梧桐、椿树和洋槐树枝杈间,逆着雪花的方向向上生长。对面马路上有人行走,他们的身体在雪中下沉,咯吱咯吱的声音从河谷和即将被覆盖的冬麦尖上延伸过来。

　　此前几天,因为阳光,整个冬天都暖洋洋的,致使房后的青草有了返青的迹象,秋天留在地里的萝卜、红薯、花生和南瓜等,残存的藤蔓叶子尚还青青。中午,阳光在人东山西坡的劳作中热烈,从身体内部榨出汗水。我七十三岁的祖父坐在青石上,吸着旱烟,浑浊的眼睛不断开合。其实他什么也看不到,只是听到一些脚步从身边嚓嚓而过,一些鸡叫从墙角传来。

　　通常,父亲母亲吃了早饭,拿了镰刀,背上架子,就向着山坡走和爬,山坡很高,红色岩石深嵌,灌木和杂草如麻团交织,唯有带刺的枣树枝杈在风中纹丝不动。山路陡,牛马上不去,那里是狼、羊群、野兔、山鸡和黄芪、柴胡、鸟儿们的领地;阳坡背后是大片青松,密密匝匝,看

起来比黑夜还黑；野草匍匐，比人还高。高高的紫荆枝条结着满身尘土，并不断地伸到人和牲畜身上。

父母越走越高，我在自家的屋顶上看着，他们由大而小，像两块向上滚动的石头。脚不小心碰落的石块小幅度地向下滚落——砸到蒿草、岩石和树干。我想，爹娘为什么要走那么高呢？接近天空的山梁上，他们的身子最终变成两片"黑纸"，若不移动，跟万千石头没有区别。

在向上的过程中，他们也不断回头看，他们一定看到我了——很多时候，他们要是忘记了什么事情，就会站在山路上喊我名字，我听到了，扯着嗓子答应。我们的声音在风中传播、扩散和接收。父亲嗓音嘶哑，母亲喊声尖利。

直到看不见他们了，我才下了房顶，我想我也该做点什么，可我能做什么呢？弟弟在院子里撒尿和泥，小手心里攥着小木棍。他在泥土、蚁窝和甲虫身上找乐——我也这样许多年，稍微懂事了就再也不会了。院子里的梧桐树皮肤鳖青、单薄，上面的刀口有很多出自我手，还有文字，不过都是汉语拼音。我的名字就在上面，一年一年，在树的生长中，变得粗糙、黝黑、隆起、不甚明显。院子里是成片的苹果树——母亲的苹果树，她花费了两个春天，用双脚和肩膀从十五里外的乡政府农林所买回来，再挖坑、挑水，栽下——不几年，它们就长成了，芳香的花朵，压弯了枝头的果实，青青的叶子——身体、视觉和心理的树木，在春天和暮秋，它们是我们家最好的风景。

阳光越来越好，到中午，整个大地都是白色的了，就连屋后的阴影，也充满太阳的味道。每一颗粗沙上都有一粒光芒。它们联合起来，照亮我们的身体、房屋、院落、牲口圈棚。弟弟玩儿得出汗，一颗一颗，从额头掉落。我回到屋里，脱掉衣服——不一会儿，凉意升起，整个身体像正在融化的冰。我再走出来，这时候大地异常真实，我可以清晰地看到它粗糙的纹理、腾飞的灰尘和人为的缺口。附近行人很多，来来往往，山上山下，几条小路和一条马路上都是，他们的脚步、咳嗽和说话的声音似乎就在耳边，甚至还可以看到他们嘴唇、两腮上的胡子和眼角的皱纹。

对面的老军蛋家不断有人来——远处、近处、更远处。他们的目的只有一个，就是要老军蛋爹给他们掐算自己的命运——财运、生命、身体、媳妇、老人和子女。我在院子里看到，老军蛋的爹一手夹烟，一手大拇指在自己各个手指节间挪动，然后低头、抬头，说出别人的预言和宿命。我有几次把生辰八字也说给他，他照例掐了手指节后，说出奔波劳碌、离祖成家、命犯桃花、老鼠拉木锨等几个关键词……我不知道这些词的具体指向，但它们却始终有着迷离的气息，在温热的正午，乃至我整个乡村生涯当中，时常让我内心茫然。

弟弟饿了，我热了早晨的稀饭，拿了馒头，我们吃得香甜，坐在正午阳光下，早晨的饭食有一种陈腐味道。后来我学会了做疙瘩汤——把一团面粉用凉水搅了后，皮开肉绽的面疙瘩噗噗地落进翻着水花的锅里，冒烟的花生油、呛眼的大葱——日光转暗，比夏天迅速，但仍旧像一个老人，下落的时候，瞬间的强光令人晕眩。而我睁开眼睛，椭圆的太阳就落在了西边的小扇山顶上，焦黄面孔好像一个美妇人的脸。这时候的光线是黄色的，落在村庄各家青石房顶上，反光更为明亮，似乎一群穿金色衣服的女子在跳舞。附近的山岭上红土发黑，白色的枯草和沙子则像黄金一样明亮。

父亲和母亲应当回来了。我爬上屋顶，眼睛在整个山岭搜寻他们的身影。远远的山梁上好像有人，又好像没人。有时，父亲和母亲会背着沉重的荆条坐在某块石头上歇息，他们不动，我怎么能够看见呀！天色黯淡后，他们还没回来，我就心神不安、发慌，听到和看到的别人的遭遇连番在脑海出现——我惊惶，扯着嗓子冲那面山上喊娘——声音颤抖着，在空旷山野，好像是在凄切长哭。母亲说，家里有人在外面是不能哭的——可我按捺不住，我想我的父母现在在哪儿呀，他们会不会从陡坡上滑下来，像滚落的石头那样？

冷风呜呜的响声从远处的山岭奔驰而来，在房顶上途经我的身体。我抱紧自己，把上衣拉紧，紧贴皮肉。很多时候，我拉着弟弟一起喊娘——娘——娘，声音传遍了村庄，在卵石和树梢上回荡。

母亲答应了，她的声音从山腰传来，虚弱、重负、略微嘶哑。我高兴起来，转身抱住弟弟，大声说，娘回来了，回来了！弟弟也停止了哭声，咯咯笑了起来。

可过了好久,我才听到他们的脚步声,在一边的山路上,噗噗拍打着冬天的泥土。我放下弟弟,跑过去——母亲呼呼喘着粗气,眉毛上结着一层白霜,我说娘我给你背吧,娘说小孩子背了重东西就再也长不高了。我接下她手中的镰刀,在前面走,告诉她这里有个台阶,那里有个坑,要小心。娘说没事的,俺走惯了,你快点走,看弟弟是不是掉到院子下面了?

弟弟就在院子边缘站着,再向前一点,就掉到麦地里去了,我没说话,走近了,一把抱住他。他哭喊着不要我抱,要娘抱。母亲满脸汗水,脖颈里升腾着白白的雾气。刚放下架子,就抱住迎面跑来的弟弟。弟弟叫娘,一口气叫几十遍,母亲一遍一遍应着,问我中午给弟弟吃啥了,我说疙瘩汤。母亲说还有没有,我说又做了,等你和爹回来吃。娘叹了一口气,说俺还以为你没做哩!

父亲端碗吃了——他干活回来,从来不洗手,即使掏过大粪,也要母亲催促,或者喝骂了才肯洗。弟弟把头伸到母亲胸前——他还想吃奶,我笑话说,多大了,还吃奶?叫人笑话哩!弟弟回头看了我一眼,又看看母亲,哇地一声哭了。母亲哄他,解开衣扣,把奶头送到弟弟嘴里。母亲这才端起饭碗,吃着吃着,就叹息起来。母亲说:俺要是有个闺女多好,俺下地的时候,有人做饭,将来老了有人披麻戴孝。我有些伤感,也不止一次地这样想:弟弟要是一个妹妹该有多好,再过多少年,有人做饭,母亲可以做姥姥,我也可以做舅舅。

母亲累了,父亲的鼾声在燃烧的旱烟中响起,我从他手中拿下来,磕掉烟灰,用鞋底按灭。弟弟在母亲怀里睡着了,窗外北风呼呼有声,在我们家房顶、院子、门外的农具和树梢上,刀子一样层层刮过。屋里黑暗,一家人的呼吸在浓浓的夜色中此起彼伏,我听见外面树枝折断、草芥奔走和猪猡挨冻的声音。村外狗叫连连,偶尔的车辆轰轰驰过,之后无声,只有无可阻挡的风,在夜的村庄,在我的头顶和睡眠中,携带贫穷和忧郁,来自遥远,但去向不明。

我躺在被窝里,大睁眼睛。我知道,明天,父母还会上山,把我和弟弟留在家里。只有下雪和春节前几天,他们才会停止这种劳动。果不其然,春节前几天,盼望一冬的雪终于下来了。母亲对父亲说,是不是下雪了？父亲光着上身,撩开窗帘,看见纷纷下落的大雪,也看到大雪逐渐淹没的村庄和山野,叹了一口气,躺下来,摸到旱烟杆,装上烟丝,打火点燃。这一天,父母不会再上山了,他们会和我们一样待在家里。我高兴起来,第一个穿上衣服,开门,到外面抱了柴火,一次一次,一捆一捆,放在大雪落不到的地方。然后拿了铁锹,在院子东边的椿树下,堆了一个雪人。母亲看到说,我堆的那个雪人像她。

黑夜的内心

窄小的空间里挤着一棵老梧桐,两棵桃树,我家和邻居的鸡圈。挑水木桶倒扣,扁担挂在石头墙上,两只担钩静默无声。好几只麻雀和俗名弹弓的鸟儿在梧桐、椿树的枝杈间做了几个很大的巢。此刻,它们叽叽喳喳,在头顶,好像另有一个世界似的。我觉得热闹,也是个陪伴,还能壮胆。随着夜的深入,那叫声的味道就变了,轻、碎,类似小孩梦呓。再深些的夜里,它们偶尔的梦呓与落在坟地柏树上的猫头鹰遥相呼应,我毛骨悚然,只觉得后背仿佛有个什么东西,不怀好意地盯着我,并且慢慢欺近。久而久之,我似乎能感觉到它们的冰凉呼吸和尖利指爪。

母亲终于回来了,我从台阶跑下去——从记事开始,我不知道摔了多少跟头——母亲扔掉家具,快步抢来,我就像一块石头一样扑进她怀里。

而黑夜仍旧是黑夜。半夜,被身体自身或某种意识唤醒,一睁眼,感觉四周的黑有些压力,虽不吃力,甚至有些绵软,但好像也有一种压迫感。也好像是一张看不到咽喉的巨口,只要我一伸手,就会被咬住。此时,母亲呼吸均匀,偶尔有磨牙和吧嗒嘴唇的声音。鼠们在屋梁、饭桌、地面、瓮上面乱窜,胆大出奇。我不敢动一动身子,即使下身鼓胀而疼。非要释放出去的时候,我只好叫娘……娘……娘……娘……娘……胆怯且微弱——母亲累了,好长时间才听到我的声音。

母亲翻了个身,粗糙的手拍拍我后背。我说我要尿尿。母亲一只胳膊支欠起半个身子,一只手把我从被窝往外抱——我不,我说娘,我害怕,你点灯吧。娘说没事,没事的,有娘在,谁敢欺负我家平平啊!

我尿,淅淅的声音在寂静的深夜格外响亮,瓷盆的回应似乎又使它突然拥有了某种生机。声音敲着墙壁和屋梁,就连那些胆大的老鼠,也悄没声息了。尿声断了,母亲还没把我放进被窝,恐惧又起,黑黑的屋里好像匍匐、站立和漂浮了众多事物,它们在看着我,笑或咬牙切齿。我哇地哭了。娘急忙把我抱在怀里,把我整个身体都埋在她已经松弛的胸脯里。我听见了她的心跳,她的呼吸中有些阻隔,像是木质风箱里夹着一块石头。

母亲用手掌拍着我,胸脯的温度在冬天像火焰一样灼热。母亲好像并不害羞——在黑暗中,我什么都看不到,只是感到有一面峰峦突起而且咚咚跳动的地方,它使我感到心神安宁,周身舒泰,好像趴在一个神秘而简单的世界里。

再一睁眼,阳光落在靠窗的炕上,也是方格形的。母亲在院子和屋里转,不停地做着什么。白天,她依旧不在家里,去山上割荆条,或者去对面南山上打柴。回来天仍旧擦黑,要是有月亮,地面上的事物还有个轮廓,若是只有满天繁星,整个大地就是一团漆黑。吃过晚饭,喂了猪,关了鸡笼,母亲倒了开水,和我一起洗完脚,我们又钻进被窝。通常,我都睡不着,想起春天吮吸梧桐花的甜味,还有夏天的桃子和桑葚,秋天的梨子、核桃和柿子,这些可能是世界上最好的吃食了,特别是初秋时节的烤玉米,虽然被火烧得黑黑的,但很好吃,吃了一棵还想再要一棵。可是冬天,除了被老鸹啄得千疮百孔的柿子,就只有黑元枣了。它们是柿子树的前身,都会结小籽粒,秋天时候变黑、变甜。可是,它们早早就被别人家摘光了。

母亲已经睡了,循着她的呼吸,黑夜加深,外面巷道也没了人声。邻家男人的呼噜声从窗缝钻进来。在黑暗中,我看着墙壁,想了吃的,又想白天的玩具和伙伴。玩具是木工,高粱秆子做成箭,头上会套个铁圈或顶针,保持准度和锐度。还有弹弓,一般用来打鸟,和其他孩子也相互射击。我的那些伙伴其实是本村别人家的孩子,我叫他们父母大爷大娘或者叔叔婶婶,个别的叫哥嫂和爷奶。玩得最多的,该是老军蛋、小六子和老民棍子了,我们四个基本上是一伙,二黄毛、黑猪军、小叫驴是一伙。整天在村前的麦场和马路上放声大骂,举着棍子,利用手中的工具进行你死我活的战斗。

有时候会真的射伤对方,我头上和后背的疤痕几乎都是那时候留下的,我也误伤过二黄毛和老武生。可总的算下来,我吃亏最多,很多时候,我还在拼命作战,老军蛋、小六子和老民棍子早撤退到百步开外,另寻据点了。有几次哭着回来,娘说我傻。我说奋力作战是英雄,为此献出生命是壮士,咋就傻了?母亲叹口气,摇摇头,再叹息一声,再摇摇头。

眼皮子打架的时候,我还不想睡,还在想,明天怎么彻底打败二黄毛一伙,叫他们彻底服软,低着头来向我们投降。可我实在想不出好的招数。揉揉眼睛,却看到一些活动的人,在炕墙上,成群结队,车水马龙,有一些走着走着,突然回头看我一眼,脸上的笑容我觉得熟悉又陌生。我害怕,猛地钻进母亲怀里——熟睡中的母亲显然被我惊扰了,她翻了个身,手掌习惯性地在我后背缓慢拍。我仍旧大睁眼睛,我想告诉母亲,可又不敢说,我怕那些人突然跳下来,把我也抓到墙壁上去。

母亲又睡了,黑夜当中,只有我是醒着的了。我感到整个世界都离开了我——所有的生命都睡了,把一个孩子扔在无边的黑夜。近在咫尺的人,他们也只是用自己的呼吸和梦呓,手掌和体温向我表示存在,暗示我并不孤单。狗们在村庄内外大声叫,使得我更为恐惧。空荡荡的村庄黑夜,一群狗,它们一定像我一样看到了什么,陌生的、可怕的、凶猛的和怪异的。从它们的叫声中,我能明显地感到它们的前进和退却,惶恐与镇静。我知道狗们叫得最凄厉和凶狠的时间,是午夜和凌晨。是的,那么多的生命都睡着了,整个大地安静、沉寂、松动、自由。可总会有一些生灵会选择在这时候降生、崛起和走动。

凌晨,母亲醒来了,像我昨晚一样睡不着。我说娘,昨晚俺害怕了,俺看见咱家墙壁上有好多人在走!娘急忙侧身说,小孩子家,不敢胡说,语气里也有惊恐。我知道母亲也害怕,也知道,我那种惊恐一定是她所熟悉的,她小的时候,也肯定像我一样胆小。总在黑夜中,被一些奇异的事情和感觉惊扰。

也难怪,这一年冬天某个深夜,曾祖母死了——癌症,她走的前一天中午,还给了我几块别人送给她的饼干。我一直觉得,那饼干就是她

一个人的，我吃掉，不论什么时候她都会再要回去。

我不知道为什么会有这样的想法，它不由自主，蓦然就从内心升了起来，像是夏天玩水多了秋天就一定会拉肚子一样，自然而必然。晚上，父亲回来了，虽然多了一个人，可我还是害怕，趴在母亲怀里一动不动，像个泥鳅，恨不得藏在母亲肚子里去。娘说，乖儿子不怕，娘和爹都在哩。然后又拍我后背，并告诉我说，睡着了就啥都不怕了。我也相信，我使劲要自己闭眼，以最快的速度睡着，可越这样越睡不着。我心脏怦怦跳着，侧耳听门外和屋里的声音，老鼠们仍旧不安分，它们奔来蹦去，弄出的响声让我的心一次又一次提起又摔下来。

再后来，早晨终于来了，睁开眼的瞬间，我一阵惊喜，心想，白天来了，谁也奈何不了我了。我已经过了那个时间，也相信，在白昼和夜晚中间，也有一道高如云天的墙壁，谁也跳不过来。再一个黑夜，我安静了许多，我想一个人走就走了，她（他）的灵魂虽然还会留在这里，但身体沉埋入泥土后，一个轻飘飘的东西，即使再强大的力量也不会拿我怎么样。

我五岁那年夏天，弟弟出生了，我身边又多了一个人。母亲对我说，你是哥哥，你要保护弟弟。我猛然觉得自己强壮和长大了很多——在弟弟面前，我雄壮、高大、机敏。他多小呀，什么都不知道，就是哭呀，笑呀，拉撒都不知道。直到弟弟长到五岁时，我还对他说，你尿炕尿裤子，就知道哭。弟弟听了，哇地真哭了，还向母亲告状。母亲转头教训我说，你小时候还不是那样子么？还笑话俺这个宝贝哩！我说我从不尿炕，我干净着呢！

我十一岁的时候，母亲说，你大了，能给我们帮忙了。他们下地干活儿，就把弟弟交给我看管。有一年春天，一只蜜蜂蜇了弟弟，弟弟破着嗓子哭叫。傍晚，吃过晚饭，村里要放水浇地，母亲要我带弟弟睡觉。黑夜完全来临后，弟弟哭叫起来，他要找娘，我说娘一会儿就回来了。弟弟不听，说他害怕。他站在院子里，看见有个人冲着他笑，是个大闺女，舌头都伸到胸脯上了。我头皮发乍，全身冰凉。我没有想到弟弟竟然也有与我同样的经历。我快步抱起他回到屋里，明亮的白炽灯泡照亮了各个角落，也使我和弟弟安了心，并且拥有了一种隆重的安全感。

而弟弟仍旧害怕,短小的身体紧贴着我。我的胆子慢慢大了起来,我想我就是母亲了,把弟弟紧紧抱住,学母亲,一只手掌轻轻拍着弟弟的后背,嘴里还说着弟弟不怕不怕,哥哥在,哥哥在。弟弟的小身子蜷缩成圆形,像软软的棉花圈。

　　黑夜慢慢深入,我一直没关灯,弟弟睡着了,在我怀中。他睡梦中仍旧发出断续的哭声。这时,大地安静,屋里空旷,我又看见了墙壁上来往的人,他们还是那样,只是不再突然回头看我了。我揉揉眼睛,它们就消失了。一会儿,弟弟尿了,整个被褥都湿了,我换掉。整个屋里一片空旷,就连平日里不安分的老鼠也没了踪影,狗叫好像也自然了许多——好像过了许久,父亲母亲回来了,他们的脚步声在石阶上拖泥带水,走到院子时,我长长出了一口气。母亲进门,看到我还醒着,问我睡觉为啥不关灯,一夜下来,不知道费多少电。

　　黑夜一个一个过去了,我还没长出胡须,父亲和母亲就皱纹满面了。十六岁那年秋天,我在外地上学,有个周末,我为了回家,沿着小城到家的马路,我一个人走了半天一夜。特别是夜里,道路绵长而曲折,到处风吹草动,鸟呓狼嚎,轰然而过的孤车、随处安置的坟茔……我一一走过,在黑夜当中,热汗淋漓,心如寒蝉;我总是觉得,身后有一个人跟着,亦步亦趋,须臾不离。凌晨进门时,我回身,那种感觉突然就没了。

　　再两年后的冬天,我就要远行,深夜落雪,我从一个地方出来,一个人送我,两个人的村庄路上,大雪纷扬,大地明亮,双脚咯咯下沉,肉体压雪的声音咯吱咯吱,仿佛来自地心。走到自家院子时,父亲的鼾声传出窗外,母亲在梦呓——他们至今仍不知道,有两个人,曾经在多年前的乡村黎明,踩着积雪,在黑夜的内心,从他们的睡眠中轻轻走过。

成年的功课

　　屋里静极了,睁开眼睛,就看到了黑色屋梁上悬挂的尘垢,它们不动,我也不动。我赤裸的身体在母亲缝制的牡丹花被褥当中,温热而又慵懒。窗外阳光是少见的白色,落在玻璃上的那些,像好几张向内偷窥的脸。鸡们在院子里叫，公鸡鸣声就像激情的喇叭，母鸡咯咯像邻居家的小妹妹。父亲和母亲去哪儿了呢？他们把我一个人留在家里，虚掩的木门随时都有可能被风打开。但在早晨，我一点儿也不用担心会有什么凶猛的东西突然闯进来。

我喜欢这样的时光。母亲说我太懒，父亲说小孩子还是懒点儿好，到他那个年岁，想懒都懒不成了。我翻了个身，身体在被子里松动、柔软，像河水里的泥鳅。

房里仍旧没有声音，只有我自己的呼吸进进出出，趴得久了，我就流下了口水，白泠泠地滴在枕头上，上面有一朵红蓝相间，但早已模糊不清的鸡冠花，我的口水就流在那朵花的花蕊里，心想，这是给花浇水哩——我自己笑了，尽管没出声。

这样的时光持续到八岁那年农历三月初九——我的生日。母亲早早起来，从里屋拿出五个白生生的鸡蛋，放在滚开的清水里。母亲说，今年鸡蛋多，多煮几个给你吃。我觉得母亲真好。平素，母亲总是把鸡蛋当作宝贝藏起来，找不到它的一点蛛丝马迹。其实我也知道，母亲每次都放在高高的粮食瓮上，我垫一张大椅子和一个小马扎，还是够不到。不几天，就被收鸡蛋的人拿走了。

鸡蛋很烫，母亲把它们放在凉水里，说这样皮好剥。我连续吹，舌头左右颠着吃完鸡蛋。母亲说，你今天就成人了。八岁了，要是在旧社会，就该找媳妇了。我不知道什么叫成人，我只知道我吃了五个鸡蛋——这似乎比母亲所说的"成人"更紧要。

起床后，我无事可干，母亲扛着镬头，背着一只荆条编的篮子下地去了，她把我留在家里带弟弟、看门。母亲说时，脸色有点凝重，眼睛里还有一团狐疑的光。我突然觉得母亲变了，或她有什么心事，关于我，或者关于这个家。

第二天一早，我还在睡眠中，就有人喊我名字，是母亲，声音坚决而悠长。我睁开眼睛，屋里还没光亮。我抬头答应了一声，又把脑袋缩回被窝。可母亲的喊声仍旧在我耳膜萦绕。我再次睁开眼睛，看见站在屋地上的母亲，她模糊的身影让我有些不适应——或者说，在此之前，我从来没在这个时候醒来过，尤其被另一个人强行叫醒。我已经习惯了早晨的睡眠,我甚至把它当作了自己一门必修的功课。

我也从来没想到,母亲会在这个时候喊我,叫我起床,跟她一起到挂满露水的田里去干活儿。这样显然打破我已有的生活秩序。我哼唧,不肯将身子露出来,不愿意这么早就起床,在清冷的春天的早晨,到田地里面做那些我以为是世上最苦活计的农活——割掉地边的杂草,再用锄头把麦地里的杂草锄掉——那是大人们的事情,我还是孩子,我和大人之间的距离还很遥远。

母亲的喊声毫不妥协,从她叫我名字的声音中,我第一次感到了一种隐忍的坚决和冷漠,她一遍一遍的声音,在我们家所有的物什上缠绕,驱赶我的睡眠。我只好听从。穿衣的时候有些迟缓。走到院子里,母亲蹲在屋角一块石头上使劲磨一把镰刀,钢铁与石头摩擦的声音在村庄的早晨格外清晰。她不断地用拇指在刀刃上轻轻蹭——母亲也学着父亲的习惯动作,看镰刀是否真的锋利了。

母亲在前面走,我不知道自家的田地具体在什么地方。(多年后,母亲还和别人说起这件事情,在母亲和村里人看来,一个七八岁的孩子还不知道自家田地的具体位置,那是一件十分可笑的事情。)路边蒿草已经很高了,叶子高高向上,野菜蓬勃成长。四周的田里不断传来农具与石头摩擦、碰撞的声音——在安静的早晨,这样的声音令我感觉新鲜而又陌生。新鲜只是一种短暂的听觉,而陌生则包含了厌烦和惧怕。

鸟们在草丛和树枝间,仍旧没开始劳动,甚至连叫声都睡意朦胧。我说娘呀,是不是起得太早了?母亲没吭声,背上空空的荆条篮子打着忽悠,脚步碎而急促,带起沙子,翻动石块。我在后面紧跟着,短小的双腿风轮一样转动。

我们的田地到了,在一棵老了的柿子树一边,比我们的教室大出几倍。放下背上的篮子,母亲说,记住了,这块地是咱家的,不要忘了。我嗯了一声,算是回答。其实呢,我根本没把田地放在心里。那时,我就觉出了土地的反复和劳累——它太大了,大的让我不知道要用多少次,才可以把它翻松一遍,再锄一遍。它的庄稼让我看到了汗水、芒刺和疲惫,看到了整年的尘土、泥垢、农药和化肥。我只是觉得,一个人不

应当这样的,至少不该长此以往,成为一生的梦魇和主课。

母亲拿起镰刀,走到地边,指着一丛一丛的黄蒿说,这些都是杂草,长在地边,根都伸到地里了,把庄稼的养料吸走了,把它割掉,再把根刨出来,庄稼就长得好了。到五月和秋天,就会多打一些粮食。我有些心不在焉。村里人都这么做,总是把地边的野草当作敌人,抓住它们的头颈或腰杆,锋利的镰刀唰地一声,就齐齐折断了,连味道香香的野菊花也不放过。

杂草青绿的身体被母亲随手扔在空闲的乱石堆里,它们轻轻落下,在石头上,有些秆茎上还冒着白色、黄色或黑色汁液。我觉得这样的活计比较轻松,就走过去,从母亲手中接过镰刀,躬身割草。那些新鲜的草们在我的镰刀下相继折断,发出干脆、欢快抑或沉闷的响声。我像母亲那样把它们随手扔下去,看它们轻盈的下落姿势。我觉得这样的劳作可以令我愉快,至少是没规则的,不像锄麦子那样,一垄一垄,一不小心就伤了麦苗——那会令母亲惋惜,甚至责骂我。

太阳升起来了,从青叶满枝的柿子树间,斑驳的光亮打进田地,落在我们身上。我展开手掌,看到厚厚的一层液汁,绿色的,涂满了我的手。我的右手疼痛,肌肉麻木,疼感在指节间发散,深入到了肌肉和骨头。我不知道是镰刀的缘故,还是杂草的回震。我看准一块突起的石头,不管露水和灰土,就坐了下去。这时候,气温攀升,阳光彻底照亮了附近的天空、山峰、村庄、植物和人群,就连早上暧昧的鸡叫,也明朗和激越了许多。

母亲在锄着麦垄之间的杂草,那些刚刚冒出来的草,叶子还很嫩黄,有的只是麦粒大的一颗小头颅。我对母亲说,现在锄掉是不是太早了,再迟些,它们长大长高了,再锄下来,可以喂猪,省得再去专门给猪挖草了。母亲一边锄着,一边说,这草再长长,就会和麦子争养分了。又说,一个好的庄稼人的地里是不见一根杂草的,石头都捡得干干净净,不坏庄稼的事,也省家具。过了一会儿,母亲说,你回去吧,看弟弟醒来没,不要叫他哭,给他穿好衣裳,往锅里添点儿水,把灶火点着。我一会儿回去做饭——其实,我早就巴不得母亲这样说了,我嗯了一声,甩开步子,就跑回了家。

下午放学，我想母亲再不会要我做什么活计了，哼着老师教的新歌儿，一蹦一跳回到家里。还没放下书包，母亲就说，你去河谷挖些野菜来，猪没吃的了。我说我早上刚刚干过活儿了，我的手还疼。母亲说，再干两天就不疼了。要不然，隔一天干一天，手没有使过来，乍一干活儿就疼。我有些气恼，觉得不应当是这样的，该干的时候就干，能闲着的时候就闲着。可母亲不这样认为，她总是以为，干活就要不停地干，就像滚动的木球，不用布鞭接二连三地抽，停下来就倒掉了。

我只好从命，提着篮子，还要带上弟弟。他是自由的，因为小，他可以随意哭闹，没有人指使他做什么。我大了，按照母亲的话说，我是个大小伙子了，要学着种地，慢慢把种地当作一门营生。这对我来说，简直是灭顶之灾。有一次，我对母亲说：娘，我早知不吃那五个鸡蛋哩。娘说咋了。我说，不吃的话，俺就永远长不大，也就不用干活儿了——母亲没笑，过了一会儿，又吐出一声长长的叹息。

五月，麦子熟了，母亲要我替父亲放羊，父亲回家收麦子。我知道，父亲放着二百多只山羊，都是一家三五十来只凑在一起的。我去了，在后沟，接过了父亲的羊铲。在群草起伏的山上，村庄炊烟缭绕，脱粒机的声音循着河谷，从卵石、草丛、岩石和树木的缝隙和表面传到我和羊只的耳膜里。我看见父亲母亲在自家田地里，躬身刈割金黄的麦子，再一捆一捆放在架子上，背到麦场上——他们的腰身在远处很小，在我的张望中，像是在田地和山路间缓慢滚动的石头。不多的村人们也和他们一样——在村庄，重复的劳作是一件令人厌烦的事情。当大批的麦粒摊晒在房顶时，父亲母亲的脸上却没有我在课本上看到的丰收的喜悦的笑容，一些芒刺在衣服里，令他们全身发痒；一些尘土挂在皱纹和眉毛上，和汗碱一起结为黑色的泥垢。

麦粒快要干透的时候，下了一场暴雨，众多的雨滴落下来，落下来，到处都是它们砸地的声音，像成千上万的马蹄，在我们家的房顶和院子里，沓沓而落。母亲在雨中，弓着腰用簸箕收麦粒，我不断张合布袋口，看着淋了雨的麦粒进入。弟弟也站在院子里，在雨中哭着叫娘——我突然感到悲哀，麦粒其实发不出清脆的声音，只是沉闷和灰尘。那一刻，它们都湿漉漉的，外形和内心与我们八岁后的乡村生活没什么两样。

我们为什么热爱母羊

秋天收庄稼，大田里的玉米穗子并不都结结实实，还有一些瘪的、先天发育不全或者被雨水泡得发霉的，但也是粮食。父亲和母亲把它们像好玉米一样掰下来，扛或挑回家。下雪了，山坡上的枯草都被埋住了，山路陡而滑，羊们不能上山，人也不能。早晨起来，娘说羊们饿了，拿些瘪玉米喂喂吧，我从被窝里爬出来，脸也不洗，提了一篮子瘪玉米，踏着大雪，去羊圈喂羊。

羊圈在后沟，和人一样住着有顶的房子，因为很多，羊们挤在一起很暖和。那时，村人合雇的放羊人还没有起床，他和羊睡在一起，羊们是善良的孩子，需要人看护，怕人偷怕狼吃掉，还怕生病，要在夜里不断叫它们起来走走。我站在羊圈门的屋檐下面跺掉鞋上的雪。放羊人也许累了，也许晚上喝多了酒，好长时间，才打开他和羊的门。

我们家有五只羊，两只母的，两只公的，还有一只是春天出生的羊羔。我认识它们，时间长了，它们也认识了我。我先把玉米穗子放在高处，然后站在门口。它们看到了，一个个起身，从众多的羊中跑过来，伸出带胡子的嘴巴，舔我的手。还有一些别人的羊，也跑过来，我挡开它们，把自家的羊拉出来，放在羊圈院子里。

数着够了，我把玉米穗子拿下来，先给怀孕的母羊吃。正巧两只母羊都怀孕了，我就让它们两个一块儿先吃。羊们看到玉米穗子，一个个急得恨不得把篮子抢走，头颅伸进来，张开嘴巴，咬住一只玉米穗子，不管能不能装下，就使劲地咬和嚼动，弄得玉米满身都是它们的口水。其中一只身体大些，黑色的长毛几乎拖地，角儿弯曲而长，呈麻花状弯曲向上。它的肚子也特别大，父亲说，可能怀着一对双胞胎。另一只是白色的，一直不知道它属于哪个品种。毛儿也很长，但角儿却是分开的，弯曲成圆，它的肚子没有黑母羊大，看起来也很瘦，后背上都看见骨头了。我想先让它吃吧,就把高大的黑母羊挡开,抓了几个瘪玉米,送到它嘴前。它不陌生,也不害怕,对我看都不看一眼,张嘴就吃玉米。它吃得满嘴流水,大的分两三次,小的一口咬住,胡乱嚼嚼,就吞到肚子,返回来再吃另外一个。黑母羊等得不耐烦了,凑过来,嘴巴伸进篮子里,我打它,它眼睛闪一下,叼住一个玉米,就把头缩回去,放在地上慢慢吃。

一边的两只公羊和小羊羔也等不及了,一个个咩咩叫着,黑色的眼睛看着我的脸,那里面有一种叫人可怜的光亮。我给两个母羊丢了一些瘪玉米后,就到小羊羔跟前,拿玉米给它吃。小羊很腼腆,见我走近,先是后退几步,看看我的脸,再看看我的手,确认没有恶意,才走过来吃。两只公羊急躁而大胆,它们不管怀孕的母羊,冲过去和它们抢。我生气,用脚踢它们的背和屁股,它们不听,甚至连一个哆嗦都不打。我生气了,跑到院子边儿上,拣了一根棍子,使劲打,而这些顽固的公羊,棍子落在身上的时候,轻微地打一个哆嗦,还是不听话。我急得大喊,骂它们是狗东西,它们也不生气,只顾着抢食吃。

又有人来了,像我一样大的孩子,提着同样的瘪玉米,还有黑豆、高粱和谷子之类的,都是人不愿意吃的。他们也像我一样,把自家的羊拉出来,放在院子里,但不和我家的羊掺和。他们家的羊跑出来,看到我家的羊在吃,就跑过来抢。我早有准备,立刻站在前面挡住。有一次,老林子家有一只大公羊,蛮横、强硬,我打了一下,老林子看到了,和我生气。他说话不清,把羊叫成了娘,我很高兴,抓住这一点,把他气得一个星期没和我说话。

粮食再多,也不够羊吃的。太阳一出来,雪就化了,放羊人吃了饭,踩着正在消融的积雪赶着羊儿上山了。傍晚,娘说,那两个母羊怀着小羊羔,光吃草不够,得补充营养。通常,放学回到家里,羊群也快回来了。我匆匆放下书包,自己拿了篮子爬到房顶上,装一些玉米穗子,去羊圈路口等羊回来。

那时候,夕阳很黄,像过生日时娘给我煮的鸡蛋黄,在山头上挂着。羊群在下面,到河沟的时候,太阳就没了,黑色的颗粒清晰可见。羊们先喝足了水,一只只地睁大眼睛,寻找来喂的主人。我们这些小孩子,就在那儿等着,看见自家的羊,就喊,来来来。大概是时间长的缘故,我家的羊很自觉,不用我专门叫和拉,主动跑过来,吃我带来的东西。但在母羊怀孕期间,我是明令禁止公羊加餐的。开始,它们也来抢着吃,被我打了几次,它们就远远地站下,看我的脸色和眼睛,我不出声,它们就随同羊群,一步一回头,往圈里走去了。

怀孕的母羊是有福的,父亲和母亲都对我说,喂羊先喂母羊,怀孕的羊。其实不用交代,我也会的。再就是大年初一,放羊人也休息,下午时才赶羊上山,前后不过两小时。吃过饺子,到村里拜年完毕,爹娘就会让我再拿一些黑豆之类的粮食送给羊吃。有一年,一个叫做曹云云的女同学也来了,她是隔壁杏树凹村的,家里的几只羊托我们村雇的这个放羊人代放。喂羊的过程中,她家的一只羊和我家的一只羊打架,我怕自家羊吃亏,想用棍子把它们分开,而羊们不听,我各打了一下,她就不行了,说我打伤了她家的羊。

她哭闹着,尖细的嗓音满河沟乱淌。我不知道该怎么办,村里其他几个同龄孩子一边喂自家的羊,一边看我的笑话。羊们吃完,我就快步走出了羊圈院子。她也没有追来。我回去和娘说,娘说没事的,打的是羊,又不是人。我想也没事的。没想到,第三天去大姨家,路过她家门口,她娘骂我,骂得很难听,还骂了我娘。我急,就用粗话骂她,她们母女两个一起骂我,我骂不过,正急得满世界想脏话,三表哥开着卡车路过,二话没说,一把把我提到驾驶室里开走了。

到大姨家,三表哥对大姨说了,大姨特意交待我说,回去不要给你娘说。我不知道啥意思。三表哥说你娘的脾气你还不知道?我想想也是的。回家也没对娘说,直到现在。去年春节回家,父亲养了两只小尾寒羊,一只公的,一只母的。母的怀孕了,父亲经常拿了玉米、大豆、谷子、高粱喂它。春节前两天,刚吃过晚饭,听见羊的叫声很痛,急忙拿手电去看。母羊正在生产,好一会儿,生下一只白羊羔,站起来,过了一会儿,又卧下,又生了一只。肥壮的母羊身子一下子瘪了,空了一样。我觉得心疼,想起小时候喂羊的情景,忍不住心头发热。跑回家,冲了一小盆奶粉,端来,打着电筒,看着它一口气喝完,然后甩甩嘴巴,粘在胡子上的奶水箭株一样,分溅开来,有几滴还落在了我的脸上,感觉很凉。

有关父亲,其实我哪儿都不疼

一柄斧头

父亲有一个工具箱,很小,外面涂着一层黑漆。里面装着一些刨子、凿子、斧头、钳子和锯条之类的工具。我小的时候,父亲对工具箱看护得甚紧,用一把铜色的锁子锁着,钥匙挂在腰间。长到 8 岁,那年的秋天和春天,我喜欢和表弟一起,给爷爷奶奶到后山或者房后的山岭上砍些柴火回来,以博爷爷奶奶欢心,也给自己找些事情做。

在村里,我以懒惰出名,自己家的事情父母喊千遍万遍,甚至打骂都雷打不动,照样闲坐或者睡觉,无非换个姿势或者房间。到了爷爷奶奶家里,就成了勤快的孩子。和爷爷奶奶相邻的朱二奶奶、张三爷爷都是孤门寡户,见我在奶奶家如此勤快,羡慕得口水直流。见人就说我是个好孩子。

每次去砍柴,我都想找一把锋利而又漂亮的斧头,爷爷家里的那只因为年长日久,刃口豁开几处不说,后面的木柄棒也伤痕累累,上面有好多尖刺,一不小心,就扎进肉里,生疼生疼的,拔半天才出来,还渗血。有一次,父亲打开他那只工具箱时,我看见一只漂亮的斧头——木匠用的那种,刃口很宽,雪白的刀刃泛着明亮的光泽。我一眼就喜欢上了,可我知道父亲不会把那么漂亮的斧头给我这个毛孩子用的。再说,他将这些家具锁起来,就是防止被我拿出,到处乱砍,弄得缺口满身的。

怎样才能得到父亲的那把斧头呢? 开始我想:父亲可以把一只新买的手表给我戴出去炫耀,一只斧头也肯定没有问题。秋天的一个早上,父亲叫我起床去给奶奶家砍柴。那时候,太阳还没有出来,清晨的光亮落在窗玻璃上,像我一样睡意朦胧。我原本不想起床的,而不知怎

么着,猛然想到那只斧头。我一个骨碌爬起来,穿好衣服,追上已经走出院门的父亲,说,爹,俺想用你那把斧头呢!父亲说:小孩子不能用,那斧头大、沉,不小心会砍伤腿脚的。说着就出了院子,裤管擦着逐渐枯黄茅草上的清冷露珠,一会儿就转过了我们家右边的那道山岭。

我有点懊恼,回到屋里,趁着被子的温热,又把自己放在床上。可是怎么也睡不着,翻来覆去烙饼一样,心里一直有个毛茸茸的东西在抓。表弟站在对面的土坡上喊我,他尖尖的声音爬过深深的河沟和突出的杨树树顶,到达我的耳朵。他喊了三声之后,我才爬起来,站在门槛答应。

秋天的早晨到处都是很高而且已经开始枯干的茅草,每一个叶子和根茎上面都挂着浑圆的露珠。我低着头走,沁凉的露水穿透了裤子,针尖一样贴近我腿上的肌肤。走到奶奶家,奶奶发现我一脸的不高兴,就说平子你是不是不愿意给奶奶砍柴呀?我急忙抬头,看着奶奶胖胖的、白皙的、而又堆满皱纹的脸,以及她鬓前飘开的白发,结巴着说不是不是的。奶奶说那是咋了?我说我想用爹的那把新斧头。他不给我。

我的语气有点告状的味道。奶奶听了,笑了,说这事好办。奶奶找你爹给你要过来。奶奶站起来,颠着小脚下了门前的石板台阶,往父亲所在的地里走去。不一会儿,就站在地边喊我,手里晃着一把带着链子的钥匙串。我一蹦三跳地冲下去,捉住钥匙,飞快地往家里跑去。

用了新斧头,砍柴的积极性空前高涨。我抢着崭新的斧子,在朽了的木桩上滥施威风,雪白的木茬羽毛一样飞开。坎坎的声音在左边和右边的山谷岩石上回荡。不到中午,我和表弟就砍够了半天的柴火,放在柴架子上,捆好,走一会儿,歇一会儿,村人开始吃饭的时候,我们也回到了奶奶家。

松香与汗水的味道

对面的南山看起来很近,伸手就可以摸到。事实上它是远的,靠一双脚起码得走半天的时间。那些松树不知道谁在什么时候种下,我明确意识到时,它们已经长大,并且蔚然成林。这一年夏天,在我们家的院子里,对面的森林里传来了电锯声,一棵棵松树在远处倒下,它们的动作虽然遥远,虽然只是一个小小的移动和倾倒,但我们知道,林场的人在采伐木头了。可那儿没有车辆可以行驶的路,那么多的松树,又粗又长。需要人一根根地扛着,翻山越岭,再从肩膀上扔在马路边。

父亲辞掉了在库区的工作,回到家里已经一年多了。听说林场找人扛木头,扛一根10块钱,一天来回三次就是三十块钱,比种地强,就和村里的几个叔伯兄弟一起去了。父亲是个热爱挣钱的人,虽然离家很近,站在对面的山岭上就可以看到自己的家,但父亲很少回来。母亲说,你爹忙着挣钱,几步路的家都不回了。有一个周末,我从石盆的中学回来,第二天一早,母亲买了一个酱过的猪肘子,叫醒还在呼呼大睡的我,让我给爹送去。

母亲是个素食主义者,我也跟着她,对肉食不感兴趣,倒是弟弟和父亲一样,对肉食有着天生的爱好。母亲切了一块给弟弟,剩下的就让我带着,给父亲送去。每条路都是看起来近,走起来远。我首先下了门前的河沟,再翻上去,走过杏凹村,从西沟村对面的红石头山岭上,翻到曲折拐弯的马路上,再走几公里的马路,又下了一道河谷,从砾岩坪村的老坟地一边,沿着青翠的山地庄稼,向着父亲他们堆放木头的地方,一步一步地向上爬。

走得累了,看见了核桃树上已经成形的核桃,一颗颗,青色的小孩拳头一样挂在阔大青叶之间。我仰头看看,还不到中午,父亲今天第一次扛木头肯定还没有回来,我就爬上核桃树,掏出早就准备好的铅笔刀。摘下核桃,一颗颗地旋开,吃里面白白的果仁。树上的核桃一颗颗地减少,地上茅草中的果壳一点点增多。我吃得满嘴流油,口舌生津,快乐得不可一世。

拨开头顶的青叶,太阳已经斜到了中午。我三下两下下了核桃树,提了塑料袋,猴子一样往上面爬。还没有到,我就嗅到了浓重的松香味道,从上面的洋槐树叶和高耸的茅草之间传来,弥散在周围的每一块泥土、岩石、植物和动物之上。那种香味有些清淡,不像油烟那样粘人鼻息,浓而清,清而纯,令人心胸空明。偌大的堆木场上,一根根的大小粗长不一的松木横倒在那里,一根摞着一根,头尾不齐,远看阵容庞

大。不远处的临时厨房里油烟滚滚,炸油条的声音嗤嗤响着。扛木头的人断断续续,在曲折的山路上躬着腰脊,快步而小心地向这里走来。

我站在山岭上,在那些人中试图找到父亲,可他们的身影、穿戴和动作基本一样,我不知道他们当中哪一个是我的父亲。有人来了,我就问:大爷(或者叔叔),你见到俺爹没?他们都气喘吁吁,汗水沿着脖子往下流,整个人都像是被大雨浇过一样。他们断断续续对我说:你爹在后面,就快来了。我沿着他们来时的路往松林里走,我想早点见到父亲。

父亲来了,身子躬得像个虾米。我喊爹,他站住。把肩上粗粗长长的松木换到另一个肩头。我跑过去,看着汗水中的父亲说,爹你放下来歇歇吧,我跟你抬。爹说坚持一下就到了。我说你歇歇吧,咱们抬。爹说,不要你抬,小孩子被压着了就长不高了。他从我身边走过的时候,我听见了他口腔甚至胸腔里呼呼的喘息,雷声一样。在淡淡的松香中,父亲沉重的身体一点一点地走在我的前面。

放下木头,父亲一屁股歪坐在槐树的阴影里。我打开塑料袋,父亲看到了母亲买的猪肘子,嘟囔说买这个干啥。说完,就伸出粗大而又结满黑色汗垢的手,抓了猪肉往嘴里塞。我在旁边看着,父亲说你也吃。我说爹不是不知道我不吃肉的。父亲嗯了一声,专心吃起来了。开饭的时候,父亲拿了老大的饭盆,打面条。父亲知道我喜欢吃甜食,他在盛油条的大柳条筐里,翻捡了好一会儿,拿来一摞油条。我们父子两个坐在中午的山冈上,就着阴凉,你一口我一口吃面条,喝汤,吃油条。吃完之后,父亲叫我回去,说他到一边的帐篷铺上躺一会儿就去扛木头了。

我哪儿都不疼

从戏院出来,天黑得让我们看不到自己。走了一会儿,黑夜中才有了一些颗粒状的亮光。上了往家走的斜坡,母亲在前面嘟囔着说我。我性子急,不喜欢被批评,更不接受批评。尤其是母亲,她的唠叨让我在幼年时常头疼。至于母亲唠叨了一些什么,我倒是忘了,只记得当时我顶撞了她,毫不客气地,我喊叫和反抗的声音在黑夜的村庄显得那么突兀,那边路上回家的人都听见了。

我们一边看着黑暗中的路,一边唠叨和顶撞。父亲在后面一声不吭,弟弟被母亲牵着,不时绊倒,又被母亲使劲拉起。快到家的时候,父亲冲上来要我少说几句。我偏不听,继续大声顶撞母亲。母亲一边说,一边拿出钥匙,走近挂着灰色门帘的家门。父亲急了,抬脚踢来。我只看见他身子斜了一下,右脚像个石头一样飞起。我还没有反应过来,裆部刺疼了一下,接着是缓缓的、肿胀的细疼。而我却大声哎呀,那声音尖利得有些尖锐。

我哭了,在院子里,双手捂着私处,慢慢蹲下来。哭声在空廓的院子里响起,母亲听到了,把弟弟放下,跑过来问我怎么了。我说爹他踢俺这儿。娘掉转脸庞,冲父亲吼道:没地方踢了你踢那儿?!踢坏了咋办?父亲诺诺地辩解说他不是故意的。母亲又骂他说你没长眼呀!然后拉起我,问我疼得厉害不?我说肯定厉害呀,一边加重了哎呀的音量,一边使劲扭曲脸庞。

事实上,父亲的脚没有那么重。如果重了,我现在就不会有儿子了。他想踢我的屁股,恰好我身子无意中转了一下,不偏不倚,正中我的裆部。父亲的老实和木讷村人皆知,家里家外基本都是母亲说了算。父亲在家中的角色就是干活和挣钱。在母亲面前,父亲像个老鼠,缩头缩尾,不敢大口喘气。有时候母亲骂得厉害,他就扛了家具,饭也不吃就下地去了。晚上回来,如果母亲继续骂,父亲就到奶奶家去蹭饭,一直到很晚才回来。

我叫疼,是要母亲妥协,或者给自己一个台阶。父亲帮了我的忙,而母亲又骂了父亲。母亲把我叫回家的时候,我心里暗暗高兴。父亲在门槛上坐下来,掏出一支9分钱一包的红满天香烟,点着了,吧嗒吧嗒地抽起来。我趴在炕上,看着父亲坐倒的背影,时间长了,隐隐的有些懊悔。但为了不暴露自己的真实目的,没叫父亲睡觉,就先钻到被窝,捂住了脑袋。

半夜了,秋风在院落和房顶上马蹄一样奔跑,碎了的草芥和折断的枯枝划着霜冻的地面,打在墙壁、树干和猪圈的石头上,它们碰撞的声音在夜里显得恐怖而又刺耳。起来撒尿时,拉开灯,却看见父亲仍旧坐在桌子一边的椅子上,低垂着头,鼻水像屋檐下的雨串一样悬挂在嘴巴和胸脯之间。我穿着短裤走过去,叫爹。叫了三声,父亲才嗯了一下,睁开眼睛,用袖口擦了一下鼻水。问我还疼不?我一下子羞红了脸,看着胡子拉碴的父亲,怔怔站在地上,不知说什么好。

父亲的脸满是倦意,黑红色的皮肤白了许多。父亲说你睡吧,一会儿天就亮了。我说爹你上来睡吧,这儿多冷。爹说没事。母亲也醒来,看见我们父子说:叫他睡他不睡。这么大的人了,还闹脾气?!

父亲没有脱衣服,挨着我睡下来,背对墙壁。我把被子拉出来一半,盖在父亲身上。父亲说没事,我没有吭声。天光放亮已经好久了,我才醒来,父亲早就不见了。我问正在做早饭的母亲父亲去哪儿了?母亲说去上塘地割谷子秸秆了。我找了一把镰刀,背了父亲专门为我做的木头架子,去上塘地。我到时,父亲早就把一亩多的谷子秸秆割完了,正在一堆一堆地捆。我走过去,帮父亲捆。父亲又问我还疼不疼,我嗫嚅了一下说早就不疼了。装架子的时候,父亲先把我的装好,从后面把我和一堆谷子秸秆扶起来。让我先走,转身时,我看看父亲的脸,羞愧地说,爹,其实我哪儿都不疼。父亲怔了一下,脸色平静,催促我说快点走吧,背着多沉呀。我没有吭声,迟疑了一下,迈开步子,往家的方向走去。

这世上最疼我的女人

1

夜晚使身体蒙难,灵魂活跃,最深的疼在人为的光里显得惨淡。这又是一个夜晚,一个人,在沙漠,刃口淡泊的刀子使孤独的凌晨有了一种清冷的亮光。刀子的进入在手掌,在内心,嘶喊的心疼里面,它进入了,被幽灵操纵,现实与梦想被疼痛唤醒。我又喊娘,娘,不由自主地喊。要是娘在,娘会夺下刀子的,哭着要我不要做傻事的。

而娘不在,娘在华北那个村庄,她惊醒了。早晨,娘打来电话说,献平,昨天夜里俺突然醒了,心里惶惶的,咋也睡不着,总觉得有啥事儿。你没事吧,我说娘我没事的,没事的。娘又说,咱家就你在外面,你一定有事,不给俺说。我说娘,没事,真的没事。眼泪又出来了,但不敢哭。娘又询问了一下,说没事就好。放下电话,我哭了,这世上,也只有娘在半夜惊醒,想在远处的儿子。

2

小时候,有一次,娘骂我,整个上午,娘的嘴巴没有停过,我反对,娘急了,拿着扫帚打我。我不跑,任凭娘打,高粱苗儿做的扫帚把儿一下一下落在我的屁股和后背上,我急了,冲到厨房,拿了菜刀,大喊说,不要你打我,我自己打。说着,刀刃向着手腕,猛然切下。娘看到了,扔掉扫帚,疯了一样,冲到我的面前,粗糙的手掌一把抓住刀刃。和我争夺,我不给,娘就使劲抓刀刃——娘的手掌破了,红色的血液从她厚茧的伤口流了出来。

中学毕业,眼看着一些同学纷纷上学去了,而我没有考上,我把自己关在房子里三天,娘在外面叫我,一次一次地叫。娘说没事的,哪儿不能活人呢?种庄稼也能填饱肚子,天底下这么多人都考上学那不毁了?娘一遍一遍地在窗外说,我开门,让娘进来,娘坐下来还说。早上、中午和晚上,娘做好饭,给我端来。要我吃,端着碗喂我,我推开,娘又挑着面条往我嘴里送,我再推开。娘哭了,娘的眼泪在黑色的脸上像是一串傍晚的露珠。娘说,你怎么也得吃饭,俺老了,还指望你给俺养老送终呢。

第三天傍晚,娘下地还没回来。我拿了绳子,沿着房后的山岭,一步一步向上。我不知道要去哪儿,为什么?背后的山沟里有很多的树木,有一片浓密的材树林,旁边是一户人家的祖坟。再旁边是一棵长了十多年的核桃树,我早就知道,很多年前,有一个人在它的某一棵树杈上上吊死了。我还知道,上吊的人是不由自主的,好像有人帮助一般,自己绾了绳套,把脑袋往里面钻。我浑然不觉走到那棵核桃树下,仰着脖子看,其中有一根直溜的树干,仿佛专门为上吊的人准备的一样。我把绳子一头扔上去,它像蛇一般又返回来。我绾好了绳套,突然感觉到身体发软,坐下来,掏出偷拿父亲的香烟,哆嗦着点着了,呛人的烟雾从我的嘴巴弥散开来。我想到很多,很多的往事清水一样展现,水中的涟漪荡漾开来,曾经的物事和人都有着一种迷离的光。

天逐渐黑了,我想娘,还有父亲,弟弟,喜欢的一个女生。我又点了一根香烟,搬了石头,垫起来,我想我就要死了,踏上石头的那一瞬间,我又往落暮的山岭上看了看。我突然想,娘在这时候出现多好,我可以再看看她。而娘真的来了,站在山岭上,哭着喊献平献平。我一阵激颤,脚下的石头塌了,我摔倒在一丛枣树灌木当中,锋利的针刺扎进了皮肤,我哎呀叫娘。娘听见,石头一样从陡陡的山岭上跑下来。

3

我的情绪平稳了,娘开始忙着给我说媳妇,托这个请那个,给所有的亲戚都说了。还跑到路罗镇的表哥家,问表哥的小姨子愿不愿意嫁给我。回来后,娘买了三条香烟和两瓶白酒,去姑夫家,请姑夫给我说说砾岩村的张莉莉。没过一天,娘就又去了姑夫家,问那事有没有希望。姑夫说他这两天忙得还没顾上去,娘说这事可不能再耽误了。恰好路边有人卖苹果,娘从衣襟里掏出一张皱巴巴的十块钱,叫住人家,称了好几斤,放在姑妈家里。

娘说,给你说个媳妇吧,那样你就老实了,不会做傻事的。我说娘俺不要媳妇。一边的大姨妈说,不是你要不要,是人家要不要你。娘斜眼瞪了一下她。我知道娘在制止心直口快的大姨妈。我也知道,娘的心思,娘是想找个女孩子来拴住我的心,转移我的心思,要我有个人,有点向往。可是亲戚和好友都请遍了,十里八村的年龄相当的姑娘们都问过了,就是没有一个闺女愿意做我的未婚妻。那一年,有一个闺女看中了和我同岁的表弟,家长自己跑来跟姑妈和姑夫说了。两家人定亲的那天,娘也去了。回来的时候,娘是哭着的,娘回到家里,对我说,人家都小看俺哩,说俺连媳妇都给儿子找不上。

我说娘,娘,没事的,俺不要媳妇了。俺会好好的。娘说,娘迟早都要死的,娘不能拉扯你一辈子。娘说着,我哭了,我想不能再让娘为我操心了。媳妇我自己找,不要娘跑来跑去,求这个求那个的。

4

姨夫在章村煤矿给我找了一个工作,我想去,娘给我收拾了行李,装了衣服,给了我一百块钱。我到那儿之后,才知道是下煤窑,我第一次下到地下那么深。跟在一班人后面,在不断渗水的坑道里弯腰行走。我觉得这就是地狱了,就是那些皇帝的陵墓也没有这么深。第三天,给娘打电话,说是到窑下面去,娘在那边大声喊道,那你不要下去了,回来吧,娘不要你下煤窑,哪怕不挣一分钱。

我没有听娘的话,继续下到窑底,抡羊镐刨煤。我力气小,人也瘦弱,刨几下就上气不接下气,带班的綦村人就骂我,有一次竟然骂我娘,我急了,先和他吵,他扑过来打我,我当然要反抗,抓住一块湿漉漉的煤块,砸到他前额上。其他人纷纷拉劝,将我们分开。转身的时候,他还扬言,一定要把我做掉。我害怕,晚上坚持要和同村的晓民钻一个被窝。心紧张得要跳出来,几只老鼠的跳动也令我惊恐不安。第二天上午,娘来了,她坐车头晕,吐得胸前都是。进到我们黑黑的宿舍,娘二话没说,把我的行李东西收拾了,拉着我就朝外面走。我跟着娘,路过一个小饭馆,里面炒菜的香气喷出来,我说娘吃饭吧,娘说,一会儿就有车,一个多小时就回咱家了。我们娘俩站在暮秋的马路边,来回拉煤的车辆飞速行驶,荡起的灰尘和煤屑遮天蔽日。

<h2 style="text-align:center">5</h2>

转眼到了冬天,奶奶说,把那些玉米秸秆切了沤粪吧。我们祖孙三个一起,切了一上午玉米秸秆。中午吃过饭,我回家去了,奶奶也去了一岭之隔的姑妈家。太阳刚刚西斜的时候,姑妈站在爷爷房后的小路上喊爹,说哥你来看看,咱爹咋了。爹急忙放下手里的活计,旋风一样向奶奶家跑去。

爷爷死了,在睡眠中。爹和娘,姑妈和姑夫大声哭了起来。我和弟弟也跑了去,看见爷爷躺在炕上,脸色依旧黑红,睡着了一样。父亲的哭声肆无忌惮,姑妈的哭声尾音长长,娘的哭声和奶奶一样,长长短短,眼泪和鼻涕流到了胸脯上。父亲在家里只是一个出力干活的男人,娘掌控着家里的一切。娘按照村里最富裕人家的丧葬标准,请了吹鼓手,放了两场电影,为爷爷租了一顶崭新的灵棚。第三天上午下葬,山西的老舅和奶奶娘家的后代来了,不知他们听了谁的话,把娘从灵棚里叫出来,指责娘不孝顺,要娘给他们跪下。娘说,对公婆,俺没有愧疚,凭啥让俺跪?奶奶的后代年龄较娘小,人很凶悍,喝骂娘,娘急了,拿着孝杖要把他赶出去。好多人拉架,我也从灵棚里跑出来,红着眼睛,要跟奶奶的后代拼命。娘把我拉到她身后,说献平你不要管,在咱家他还敢把俺打死。我从里屋找了一把斧头,冲过去砍他,没想到,娘从后面把我死死抱住了。

6

娘十几岁时没了父亲和母亲，就把分别大她18岁和14岁的大舅、二舅当作爹娘。二舅的一棵自留地的柿子树在我们家后面的山沟里，有一年，柿子快熟了，娘看见本村的一个堂侄子，也就是一个比我大十几岁的堂哥在偷，娘喊。四边没人，他就骂娘，还用巴掌打了娘。下午，我从外面回来，大姨也在，娘肿着脸在炕上躺着。大姨给我说了，我二话没说，提了一把菜刀，就往那家跑。大姨急得喊，不要我去。娘听见了，从家里蹦出来，喊我站住。我不听，娘就哭着说，献平唉，俺求求你，求求你！娘第一次这样说，我收住脚步，气息咻咻。大姨把我拉回来。娘和大姨说，你跑到人家门上肯定你吃亏，把你打死也是人家有理。

7

没过多少天，又一次征兵开始了，娘说，你在家也做不成啥，找媳妇，同年纪的闺女们不愿意，去当兵吧。万一有个出息呢？我也想去，检查身体之后，没几天，听说有不少体检和政审合格的人被别人顶了，娘着急，两天之内，往民兵连长家里跑了五六趟，回来还急，屋里屋外，出出进进，啥活儿也干不到手。反复念叨说，别人把咱顶了那该咋办？又想起大舅的干儿子在市里曾经给某个领导开过车，就跑到石盆，找知道的亲戚问了电话，打过去，带着哭腔求人家。

向西的路上，车过郑州，我才回头，想起娘，眼泪对着车窗流，好多第一次出远门的同乡叽叽喳喳，说笑不停。我想娘，娘说过，不要我想她，出去就一定要做出个样子再回来。我暗暗想：既然出去，就不会再回来了。我这样想的时候，又忍不住回头看了看，华北早已过往，在身后，只留下娘于山岭站立的影像。

第一年春天，下分到连队，后来又调到机关。我写信给娘说，我在机关上班呢。娘说，那机关是不是跟咱乡政府一样呀。我不知道怎么回答，就回信说，比乡政府还机关。第三年回乡，村人见了，都问我说，献平在机关呢？我嗯嗯呀呀。其实呢，刚到一个月，就和一个上级站在办公室吵架,那么多人,没有一个出来制止。娘后来叫人写信来说,你得入党。收到信第二天,我就去找吵过架的那个上级。刚填写了志愿书,就写信告诉了娘。

娘在信上又说起找媳妇的事情,她说,托人找了几个,还是人家不愿意。有一个没有明确表示。我劝娘说,这事情不着急,该有就会有的。娘却急,还问我能不能自己找一个。我说当然可以了。你儿子不是没本事的人。娘说不要吹牛,带回家才算。

8

到上海的学校报到的时候,路过郑州,但没绕道回家。到学校后,电话天天打,家里没电话,总是打到隔着一道河沟和山岭的表弟家。娘一次次地跑来跑去。冬天下雪了,路滑,娘摔了几个跟头,起来,摔疼的地方看都不看,继续向上爬,去接我的电话。过了几个月,娘装了电话,给我说,装电话也没什么大用,就接你电话。

又一年春天,过二月二,娘一个人在家,一直不睦的邻居,父亲的亲堂哥,跑到院子里把娘新种的几个小苹果树拔掉了,娘骂他,他把娘打倒在地。弟弟去找他,被他们一家五口人打了,没过一个月,趁弟弟不备,在路上突然袭击,把弟弟打成了轻度脑震荡。我得到消息,木在电话亭里。我没回宿舍,直接去找队政委请假,他却不批,要我冷静。我几乎要跪下求他了,眼泪不知道怎么回事,流了一脸。

晚上了,宿舍的同学都睡了。我等副队长查铺完毕,一个人跑出去,在学校的草坪上走来走去,想哭,又不敢哭,压抑的嗓音扯着心脏,疼呀,我小声喊娘。我知道,娘一定很疼的。暑假时候,我回去,弟弟说,娘去派出所,派出所叫娘来传唤那个打人的人。娘不能坐车,也没车,一个人,大热天气,从家到乡政府,再从乡政府到家,来来回回两次,加起来走了50多里的路程。

我给派出所打电话,他们推来推去,你说找他,他说找你。我愤怒了,吼叫起来,他们却挂了电话,我把话筒使劲摔了。电话亭的老太太很生气,要举报给队领导。我害怕,娘就是要我好好的,混出个人样子,我不能辜负她。我请假,到市场买了一部新电话给她。晚上时候,我没吃饭,到四平路街边,用201卡给娘打电话,我劝娘说,不要再争了,少说话,惹不起就躲吧。娘还在哭,说,不这样还能咋样呢?就忍吧,好不好?

9

那一年,冬天了,娘跟着大姨妈,信仰基督教,我想有信仰总是好的,娘喜欢,我也很高兴。只是她们频繁聚会,而且都在晚上,山里夜冷,风真的像刀子一样。我和同学在节假日到外滩转,又陪一个同学来上海看他的对象一起去过一些商场。我记得,在华联商场有一款特别适合娘穿的风衣,灰白色的那种,娘夜里出去聚会,穿上,一定温暖。

我问好的价格,是320元,真买还可以打折。元旦前几天,我一个人跑去,给娘买了,找不到邮局,拿回学校,听说五角场旁边有邮局,急忙要了一张请假卡,出门,给娘寄走了。娘收到说,这衣服她不喜欢穿,又不是城里老太太,干活穿着麻烦。我说娘你去聚会时候穿上,不冷。娘说,这是俺一辈子穿的最贵的衣裳了,留着吧,俺有棉袄呢,不必要浪费这钱,有人买俺就卖给她。

娘的话让我有点生气和失望,我想娘收到一定要夸我几句的,娘却反过来把我埋怨了一顿。冬天的上海干冷干冷的,我感冒了,同学们陪我到学校的医院看病,说是发烧。一发烧我就浑身关节疼,和同学们住在一起,晚上在睡梦中疼得叫娘。娘。娘。娘。我的叫声让其他的同学感觉不好,但大家一起很要好,早上起来,也就是说说。在宿舍病休的时候,有两个要好的女同学买了一些东西到我们宿舍来看我,其中一个叫孙楚瑜,海南人(孙是个很好的女孩,中途退学,现在不知道在哪儿);一个叫秦涟涟,湖北人(在校时与我们另一个分队的李姓男同学谈对象,毕业之后我才知道两个人的关系。现在应当在北京)。她们的看望让我感动,出去之后,我想娘,那时候,我就想:这世上最疼我的女人一定是娘。

10

娘给我在山西找了一个对象,我不同意,娘说那闺女挺好的,人老实,又能干活,我说我不喜欢。娘把大姨妈、小姨妈都搬来,说我劝我。叫我不要忘本,嫌弃人家闺女。我说不是的娘,我不喜欢,怎么往一块儿走呀。没人的时候,我就说:娘,你不喜欢爹,这样凑合一辈子,不光你难受,爹也难受的。你不想让你儿子也学你们吧。

娘想了想,说,也对。但没过一天,娘又变卦了,甚至威胁我说,你不要山西那闺女,俺就一头撞死在你跟前。我怕了,哭着说,娘,你不要逼我,这样是不行的。娘说,你是不是有人了,我说是。娘说是个怎样的闺女,得叫俺看看。

我回单位的第二年,要结婚了,提前叫娘来。娘还记怪我不要山西那个闺女,坚持不来。弟弟劝,大姨也劝。娘说,那就去吧,和弟弟一起,风尘仆仆地来了。我和未婚妻到酒泉车站接,租了一辆桑塔纳轿车。娘下车,我们陪着她在酒泉市里转了两天,给娘买了一双皮鞋,一身衣服,到美容店染黑了零星的白头发,又给弟弟买了一套新衣服。

娘说,这次不知道咋回事,坐火车和汽车都没晕。弟弟也说,娘以前坐自行车和摩托都晕呢,专门买了晕车药,没想到娘坐火车和汽车都没晕和吐,简直有点奇怪。弟弟想把那药扔掉,我说不行,万一呢。从酒泉往回走之前,我买了水,防备娘晕车时候没水吃药。

在岳母家,每次吃饭,那么多人,娘一个劲儿地催我多吃,又夹菜又要亲自给我盛饭。我不让,娘不高兴。陪娘一起转的时候,娘悄悄对我说,你瘦得跟个猴儿一样,不吃饭哪能行呢?娘还说,要多喝水,喝汤,人的身体就是水和汤养活的。我笑笑,说娘我饿不着的,你放心。

婚后,单位房子紧张,娘和弟弟住在岳母家。我回去,妻子对我说,妈老是一个人往部队那边跑,那么远的路,步行那能成?问她干么呢?她说去找俺献平。媳妇还说,我娘还悄悄对她说,刚结婚,不要要的太多了,献平身子瘦,多了可不行,以后的路还长着呢。

11

娘常常说,除了爹娘以外,谁也不会真的心疼你的。娘说这话偏激,我反对了好几次,娘还是说。我没有办法,娘说就说吧,我知道是事实,但不是绝对的。娘还告诉我,不要轻易相信女人,这话叫我难以说出来,但娘说了,我想也有她自己的认识。

娘是女人,这世上唯一生下我、养大我、爱我、疼我的女人,再没有任何一个女人能这样。前些年,娘一直说叶落归根,劝我将来一定要回老家,不管到什么时候。从2002年开始,娘不再反对我客居他地了。娘说,你看哪个地方好你就去哪儿,不要因为俺耽误了你。娘说的时候,表情是从容的,不像赌气的样子。

很久了,我一直保持3天或者一周给娘打电话的习惯。娘总是说,家里没事,你爹和我,弟弟和弟媳还有小侄女身体都好,家里也没啥事,不用挂记俺们了。没说到5分钟,娘就催我挂电话,我说娘俺还想说,娘说不要了,电话费贵哩。再说不到两分钟,娘又催我,我就说,你先挂吧娘。娘说你先挂,我说你是娘你先挂。娘没办法,叹了一口气,然后挂断电话。

12

昨夜我又疼了,身体的疼不是什么,内心的疼才是要命的疼。我喊娘,在凌晨,那种声音在初秋凉中像是水底的呼救。就在前些天,我打电话,给娘说话的时候,告诉娘一个秘密。娘竟然没有责怪我,也没有再说女人不可靠的话。这令我意外。

娘的梦很准,我决定回家了,还没有给娘说,她就知道了。我说了,她就说昨天夜里俺做梦,看见你在咱家院子里站着呢,今天就听到你要回来的消息。我觉得神奇,娘说她总是这样,家里发生什么事情之前,她总要有一个梦,梦境和第二天或者稍后发生的事情惊人的相同。

这么多年,我叫娘的时候,大部分是在疾病,在屈辱和疼痛,在梦想和绝望之中。其实娘不可以减缓和根治疾病和疼痛的,但娘是个安慰,是个减轻，是个念想，是内心和活着的最后屏障。这样一个夜晚，我持续疼着，从那个凌晨到这个凌晨。我疼，说不出来的疼，胸口一直有一个铅块儿，压着坠着胀着或者飞速转动，它叫我不知道饥饿。颓然坐着，持续肿胀、跳动和疼痛。

一天过去，又是凌晨，地板上，上一个凌晨的刀子断成两段，薄薄的刀刃模样冷静，我一次一次地看见，却不想捡起来，扔掉。掉落的血迹干了，黑了，变得不像血了。但我看着，依旧是血。窗外的黑是真的黑，娘在远处，所有的都在远处。敞开的窗户有风进来，凉凉的，像是一层冰水覆过。我站起来，胸口忽然使劲疼了一下，我又喊娘。娘——在凌晨显得突兀而又自然。对面的窗户早就睡了，偶尔的脚步声擦着砂土，清脆而悠长，但怎么也没有内心的声音响亮。我想娘，想打电话给娘——娘一定睡了，花白的头发落在枕头上。我知道，不管什么时候，总会有一个警觉的叹息在娘的梦中活跃异常。

生死花园

1998 年夏天，一向迷信鬼神的母亲突然改信基督教。冬天回去，母亲一周没去聚会，算是破例。我觉得，有信仰总是好的，鼓励她多去参加聚会。又一个周末，吃过晚饭，母亲要去，我找出风衣给她穿上，又递给她手电，送她出门。那夜有风，不是很大，但也很冷。站在院子里，风吹动的枯树像是旧年的哭泣，地面的碎枝和枯叶，被风和尘土裹胁，贴着地面，发出刺刺啦啦的声音。

夜里 10 点多，母亲还没有回来。我着急，怕她在路上滑倒，或者有别的什么事情。一个人打了手电，去接她。夜路冷静，还有些恐怖，熟悉的路也变得陌生，但基本的方位和走向不会忘记。我清楚记得，出家不远，右边的山岭脚下，是村里的祖坟，爷爷死后就葬在那里。他的坟前是水渠，每逢春夏，有人放水浇地，水就不可避免地流入爷爷的墓穴。记得母亲总是说，你爷这些年可没少喝水。曾有几次，动议将爷爷的尸骨迁出，但又不敢轻举妄动，生怕不慎而导致什么祸殃。直到 1998 年，奶奶病故，才把爷爷的尸骨挖出来，重新装了棺材，和奶奶一起，迁到了三里之外庙坪新坟。

爷爷是个盲者，42 岁那年因白内障失明，一直到 69 岁死，再大的太阳在他眼里也不过一只萤火虫。这次路过，虽然事隔多年，少小的胆怯被成熟的虚妄代替，但看到了，仍觉得害怕，有一丝冰冷的东西，从后背，蛇一样游弋散开。我还知道，祖坟当中，还埋葬着从来没有见过面的大爷爷。他 41 岁那年患病死了。多年后，他的坟头早已和田地一般平整了，只剩下一块孤零零的墓碑。

记得小时候，和武生他们比试胆量，一个个趴在高大的祖坟边上，瞪着眼睛往里面看，里面也没什么，就是几根白色的骨头，上面覆满尘土，枯叶散落。但也总觉得有些冲撞，对祖先不敬。此去多少年，这个念

43

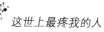

头仍旧没有消失,每次路过和想起,心里就有一种说不清的不安和歉疚。

再向前,山岭的右面,是另外一个村人家的祖坟,仍在山岭路下,卧在平面的田地里。与爷爷相比,他们的先祖幸运,因为旱地,少却了渠水浇灌。这对逝者来说,起码是个形式上的避免和安慰。但它所带给我的恐惧记忆也是深重的。小时候,冬天起早上学,天还没亮,或者下午回来迟了,路过这里,总觉得后面有个亦步亦趋的东西跟着,还可以听到他们呼吸。有几次,我看见,那坟地里突然冒出一缕像是传说中鬼魂的影子,吓得撒腿就跑,有一次,还尿湿了裤子。

仔细想来,对鬼神的深信不疑源自祖父的鬼故事和母亲一贯的对鬼神的崇拜。总觉得,在天地之间,除了人、动物和草木等等可见的东西之外,还有一种令人惊惧的生物在其间活动。及至慢慢长大,这种"信"便成为一种与生俱来的梦魇,一生都无法剔除。随着时光,躯体日渐成熟乃至老化,尤其是目睹了许多人的"死"之后,对鬼神也像对待生死一样,渐渐麻木了。

这种麻木显然正常,而且无可避免,我不知道这究竟是好事还是坏事,但一个根本的问题是,死亡的景象对于生者来说,的确是对生者的一个震撼,尽管它们稍纵即逝。曾经记得爷爷死时的情景,一个人,在一个中午,没有人和征兆的情况下,就离开了人世。这对那时只有17岁的我来说,是一个突如其来的打击。早先,总是听到村里人说,哪个村的谁谁谁不在了,怎么死的。因为很少亲眼目睹,除了些许的恐惧之外,几乎不留任何痕迹。顶多再去那村的时候,偶尔会想起谁谁谁已经不在了——如此而已。而一旦遭遇到亲人的死亡,我相信痕迹是隆重的,甚至带有一定的摧毁性。

但爷爷的死并没有引发我的多少悲伤,到现在也是,我甚至没在他灵前和坟前哭过一声,也没有一滴眼泪。去年回乡,和弟弟专程去他和奶奶坟前拜祭,走近时,仍旧胆怯,害怕那土坟里会突然冒出一双手掌,将我也拉进去。但事实上,作为长辈,他们不会的,即使有灵,他们只会希望看到自己的后人活得更好。燃烧的冥纸,在风中,很快就成为黑色的灰烬,我还特意买了一包好烟,先放在自己嘴巴里,一支支点燃

后,倒插在他们坟前。而二表哥的死显然超出了我的预想,不光是他死得突然,还有他死后数日内所带给整个村庄和亲戚们的巨大惊异。

二表哥是上吊死的,死后一个月,村里和大姨家里一直有异常的情况,夜晚的吼声、家里的异常响动……其中以小姨说话变做二表哥的声音最为惊异。那年我16岁,带着弟弟,晚上,睡不着,一直看椅子上有一个人坐着,微笑着看我,模样就像二表哥。弟弟还小,早已熟睡,我惊异,开灯之后,椅子上空无一人,夜的静和想象的恐惧包围了我和那个夜晚。第二天晚上,我带着弟弟,一起到大姨家,把母亲叫了回来。

2004年春节,和弟弟骑摩托车路过摔死的大表哥坟前时,也感到害怕。我清楚记得,弟弟说,大表哥的坟就在那儿,要不要去看看?我拒绝了,其实我很想去看,但恐惧让我选择了离开。我一直在想,一个人死了,他的身体进入泥土之后,会是怎样的一个状态?我无数次想起爷爷死后的表情,至今还都如活着的模样——身穿黑色的中山装,足蹬奶奶做的布鞋,身体肥壮,脸色黑而红润。眼睛很大,闭着,睡着一样。

从16岁到现在,目睹的死亡已经够多,开始的惊惧和怆伤逐渐消淡,我不知道这究竟是坏事还是好事。读中学时候,还亲眼看到一个光棍的死,就在学校的一侧,高高的黄土崖面突然有一块倒塌了,他被埋在下面,我们很多人用手去挖,好不容易挖出来,看见他的脸色全部铁青,像是一层黑漆。送到医院急诊室检查时,解开他的衣裤,竟然闻到一股新鲜精液的味道,在充满消毒水气味的医院里格外刺鼻。他已经39岁了,一个光棍,临死,还有精液溢出,我不知道这究竟是怎么了,是压挤而出的么?如果不是,那么他又为何在死前盎然高挺,以致死后还在向我们证实一种本能和欲望的蓬勃存在?抑或在黄土压身的那一时刻,他遭遇到了什么——这个疑问一直在,遇见、听说和想到死亡,就想起他,想起他的那种新鲜的精液味道。

我还知道,自然的死亡和夭折大有区别。在乡村,它们是截然不同的两个形式,已婚和未婚之间也有一道鸿沟。所谓的自然死亡,大都是指肌体的病变和衰亡而导致的死亡,夭折则是外力所加。由此,我想到,自然死亡的一个重要因素是,当事者已经清楚意识到了,他可以清楚地感觉到自己肉体在疾病和时间所发出的死亡信号;而夭折突然,不可抗,当事者不会清楚地感到了死亡的指爪接近生命肌肤的冰凉感觉,这才是一个完全的悲哀。

村里的一个孤寡老太太,我十几岁时,听她讲故事,每次去,她都要说,俺昨夜又进了一次阎王殿,那里面风真大,人真多,还仔细形容了阎罗和小鬼的姿势和面容。还有一个老人,停止呼吸一夜,第二天早上长出一口气,悠然醒来,第一句话就是"俺到阎王殿走了一趟",而且脸色灰白,表情凝重,俨然真的一样。亲眼看到的人自然更加深信不疑,听说的也都一阵沉默。

就我自己而言,16岁夏天的一次触电,失去知觉的瞬间,脑子空白,继而是大片的绿色树木,空地上青草肥厚,其间还摇曳着几朵色泽黯淡的花朵。如果不是在倒地过程中将有缺口的电线拉断,我想,那一次,我真的就会从那树木和花草之间,走到一个谁也看不到的地方。

母亲信仰基督之后,总和我说,信基督的人死后身体不僵硬,春节在家时,外村的一个信徒死了,母亲特意去看,回来说,人家的身子就是软软的,活着一样。我说怎么可能呢?母亲嗔怪说,你还不信,下次有人不在了,让你也去看看——我想母亲只是说说而已,我也肯定不会去的,有一种怕在里面,它在阻止。我时常感到奇怪的是,为什么人死之后就觉得可怕了呢?即使同床共枕多年的夫妻,生养自己的父母,这才是更大的恐惧——因为它很残酷,是人在人之间制造了不应当的隔阂,它的悲哀应当比死亡更深、更重。

人死后的坟茔为什么也成为了生者恐惧之地,就像我,夜晚经过,总是有一种异样的感觉。那一夜,走过两个坟地之后,到马路上,内心的紧张和恐惧才随着灯光的出现而渐渐消淡。到和尚沟村外,就听到了集体歌唱的赞美诗,虽然掺杂了当地的方言和口音,但在夜晚,那声音依旧叫我心里微微颤抖,感觉有一种异常清澈的河流,缓慢地覆上身体和内心。因而,我相信,所有的宗教对生死都是澄明和清澈的,它们看透并知晓了生和死所有的形式和含义。这一点令人欣慰,我也觉得,没有什么比洞彻这两个人生命题更为智慧的事情了。

前晚,偶然看到法国影片《生死花园》,其演绎的生死充满意义,充满了人性的善良和宽容:二战期间,四个人合谋炸毁了德军的铁路,被

生死花园

抓；即将枪决时，一个目击他们行动过程的老工人受伤了，在病床上央求妻子去告发他，妻子应允。四人幸免，老工人被德军从医院拉出，就地枪决。德军撤走后，四人先后去看望老工人的夫人。最后两个人一起去，第一次，没有告诉老夫人是他们炸掉德军铁路的；返回路上，二人歉疚，决心说出。老夫人开门就说：我知道你们会回来的，但没想到会这么快。二人说那件事也是他们干的，老夫人说，这我也知道。老夫人最后对他们说：不要张扬，就让我的丈夫安静地享受他小小的英雄梦吧——要求的死，小小的英雄梦。我想这生死之间，肯定有着一座阔大而丰富的花园，那里不只是无所事事的亡灵，还应当有更多的做着小小的英雄梦的人。很长时间，我一直清楚记得，自己触电那次蓦然看到的景象，我不敢确信那就是一座花园，但绿树、青草和花朵总是美好的，它充满象征，让人安心、从容——有人说，那里的生活很冷，但一定安静。

父亲的口琴

  2005 年与妻儿再次回到南太行老家,初夏山野,翠绿妖娆。父亲拉开抽屉,从柜子底层,拿出一个黑色的布包,一层层打开,捧出一支口琴。手牵着儿子,到树影斑驳的院子里,坐在一块红石头上吹奏。我大为惊诧。在此之前,我从来不知,也不会想到,大字不识一个的父亲竟然懂得音乐,用嘴巴吹出美丽的声音。

  母亲说,父亲给村里放羊的时候,时常带着那把口琴,坐在山坡上吹。我想,那情景要是到了诗人眼里,一定是:青草浩荡,辉映天空,群山连绵,犹如屏障。可爱的羊只似乎是飘动的云朵,父亲的姿势像是一尊鲜活的雕塑。口中琴声漫过岩石及其苔藓,草尖和悬崖下的阴影,乃至河谷间淙淙流水与鸟雀们的翅膀。

  然而,父亲坐在山坡上的样子未必具有美感,琴声未必那么轻盈。那些羊只并非洁白,而是黧黑。河谷间早就没有了流水,鸟雀们的飞翔是为了生存觅食。那时候的父亲,也不过是为了生计。

  那时候,父亲吹着,儿子在一边听,一边跃跃欲试。我在旁边看着,蓦然觉得了父亲的丰富。这样的一个人,竟然与高雅美妙的音乐发生过如此紧密的联系,竟然在无人处用一支口琴倾诉内心,排遣寂寞。

  父亲吹了一首我叫不出名字的曲子,好像是山西民歌。儿子抢过来,呜呜地乱吹一会儿,又给了父亲。父亲说,听爷爷给你吹。说完,便吹起了《朝阳沟》片段——我听得入迷,站在当地,不知是感动,还是惊诧,热泪一下子冲了出来。

  我想我一定被什么捕获了。长期以来,在我心里,父亲只是一个木讷、本分、孤独、苦难的农民。一个在山野之间劳作大半生,在苦难的风雨中只知道忍耐和吞咽的人,怎么会有如此的雅致兴趣和爱好呢?我可能真的小看甚至漠视了父亲,漠视了他作为父亲和农民之外的一

切,比如他的内心精神和思想要求,比如他在苦难生活中某些自发的"消解"压力与悲怆的能力与智慧。

在父亲吹奏之中,除了喂鸡的母亲,一家人都静默无声,站在院子里,父亲的远处和近处,满脸的惊异、欣喜和感动。一曲终了,妻子走到父亲身边,说爸你吹得真好,还教三岁的儿子鼓掌。我看着他们,情绪激越。父亲听了,咧开嘴巴,抖着胡须,呵呵笑了出来。脸上的皱纹一下子消失不见,瘦削的父亲看起来年轻了许多。我请父亲再吹奏一曲。父亲想了想,又甩了甩口琴,双手捧住,吹起了《梁祝》中"化蝶"那一节,乐声起落不止,悲怆与挚爱,绝望与生死,令人寸断柔肠,内心惊雷横冲,思维如潮水奔淌。而到最后,音乐忽然平缓,如乘青草沿坡下滑,如冰层暖流,如泉水浸岸,风吹花开。

再一次全场宁静,鸦雀无声,就连不停狂追母鸡的公鸡,苹果树和椿树上鼓噪的蝉,路口的家狗,也都若有所思,静默如斯。我情不自禁地鼓掌,然后是妻子、弟弟和弟媳妇,两个孩子也都学着我们的样子。一时间,父亲被我们的掌声围困,虽然不大,但很整齐,虽然稀少,但很热烈。

父亲有些不好意思,低了下脑袋,然后又把口琴甩了甩。摸出一根香烟点着,把手中的口琴向他三岁的孙子递来。儿子接住,翻来覆去地看了好一会儿,放在嘴巴上,鼓着腮帮,却吹不出声音。父亲站起来,说这样那样才能吹出声音。

在家的那几天,父亲的那支口琴一直被孩子当作玩具,想起来吹一下,想不起就当成了砸核桃的锤头。父亲看着,也不说什么,咧嘴呵呵笑。有时候帮着孩子们摘核桃和苹果,烧板栗,捉知了和刚出窝儿的小鸟。父亲的口琴,有时候被放在泥地上,锅台边,院门外,门槛上,沾上了黑垢,灌进了沙子。

我们就要返回西北的头天晚上,父亲坐在灯下,一边听我们说话,一边用毛巾擦拭那把口琴,偶尔抬头看看两个在炕上玩耍的孙子孙女,防着他们不小心摔下来。夜深的时候,在妻子建议下,父亲又给我们吹了一曲,竟然是腾格尔的《父亲和我》。

这叫我们惊诧莫名。父亲坐在炕沿上,嘴唇不住挪动,像是舞蹈。

夜色浓郁的乡村黑夜,父亲的琴声悠扬散漫,洋溢着一种催人泪下的哀伤和亲情。我和妻子忍不住流下眼泪,看着专注的父亲,觉得惭愧和不安。第二天,太阳还没出来,父亲母亲送我们上车,我使劲抱了抱父亲。父亲没吭声,也没回抱我。车开走的时候,父亲只是脸色忧郁地看看我们,站在原地,哈着腰,不住地挥手。

我的梦想之旅

对面是青山,松树覆满,一年四季苍翠。开门就能看到,一边的山顶上耸起一座红色悬崖,另一边山顶上也是。母亲说,东边那座上面有个大石洞,石椅、石炕、石几和石墩啥都有。以前有个道士在那住了好多年,后来还住过八路军。底下全是石洞,夏天下雨,一出太阳,站在远处看,山顶白光光一片——成千上万的蛇都出来晒太阳了。西边的那座从武安何家村方向看,活脱脱像个念经的老和尚,披着袈裟,合起手掌,样子虔诚得不得了。半山腰上,长着仙茶,再难治的病,喝了那茶就好了。一般人不敢上去采,有一条会飞的大蛇,长年累月在那看着。

听这个故事的时候,我和母亲躺在新房的土炕上,月光从带着泥点子的窗玻璃上打进来。母亲摇着蒲扇,我满脑子幻想。母亲讲完,说睡吧。可我却不想睡,一个劲儿地胡思乱想:我长大了,或者父母亲有了什么难治的疾病,我拼死也要把仙茶采回来。要是那成精的蛇阻拦我,我就和它打斗,实在打不过,就央求它——众多的神仙都会对孝顺的人网开一面,飞蛇也肯定不会例外。

再后来,和爷爷坐在夏天的院子里,树上不断掉下鸟粪,阔大的梧桐叶子相互拍打出响声。远处山冈轮廓鲜明,层叠无际。爷爷说,天上有好多神仙。我举头看看,除了成群的星星,什么也看不到。爷爷说,要是肉眼能看到,那就不是神仙了!我赶紧闭了嘴巴。爷爷吧嗒了一阵旱烟,在硬石头上磕掉烟灰。又说:天上每一颗星星都是地上的一个人,星星少了一颗,地上就会死一个人。最明亮的星星是大人物,不是位高权重的文臣就是本事很大的将军。一般的平头百姓,都隐在大星星后面,在地上,根本就看不见。除非是神仙下凡。

爷爷还说到家喻户晓的嫦娥和后羿、牛郎和织女,还有七仙女和董永,我一边竖着耳朵听着,一边看着满天的星斗。心里想,我是不是

明亮星星中的一颗呢？我将来会不会成为大人物，像那些将军和大臣一样，不但在地上的人间做一番大事业，死后还能在天空上以星星的身份出现。这该是多美的事情？我问爷爷说：你看我将来能成个啥事？爷爷嘿嘿笑笑，又点了一袋旱烟，说，这会儿你还是毛孩子，谁能看出来呢？

这话让我失望了好多天，上学无精打采，总在想：我要是以后和爷爷、父亲一个样子，在山沟里当一辈子的"拱地虫"(南太行人对农民职业的形容)的话，那我活着还有什么意思？回去给母亲说，母亲叹了一口气，说，要是你不好好读书，将来肯定是"拱地虫"，要是读好书了，上大学了，就肯定会像天上的星星那样。母亲还说，她生我那晚的前半夜，梦见两边门墩上各插了一面旗，左边的红，右边的黄，上面还分别写着两个大字。我急忙问她是啥字，母亲说，俺不识字，不知道。

坐在院子里梧桐树下，我使劲想了半天，也没猜出母亲所形容的是啥字。但有一点令我欢欣鼓舞，不读书是什么都不行的，读书才是干大事和成为"明星"的不二法门。从这以后，我上学格外积极，上课也认真了许多。有一年冬天，雪都埋住膝盖了，别的同学不去上学，我一个人背着书包，拄了一根干棍子，扑哧扑哧蹚到校，一看竟然只有距离学校最近的几个同学来了，老师特别表扬了我。可没过几年，我得了严重的关节炎，两条腿突然肿疼，动都不能动，连上厕所都得父亲背。

这使我懂得，在这个世界上，除了父母亲，再没有一个人如此不厌其烦、毫无回报地照顾我。——那时候，南太行的道路和车还都不方便，父亲背着我四处求医问药。有时在漆黑的山道，有时候在冷风劲吹的土石公路。我趴在父亲背上流着涎水睡着了，或者抬头看星星。有几次，还听到瘆人的狼嚎，就在距离我们不远的树林里。父亲快步走，我在想：即使遇到狼，它们也不会吃我的——至于为什么，我自己也不知道，但隐隐觉得，自己的命不会那么短，再说，还有身强力壮的父亲在。

腿好后，再去上学，乍然陌生了许多，好多字不认识，好多数学题不会做。我感到沮丧，有几次找学习好的同学请教，他们不告诉我，或者躲着我。到夏天，一家人坐在屋顶上乘凉，母亲拿了席子和毯子，铺在平房顶上。一边绿叶哗哗，山风吹拂，一边夜虫唧唧，流水喧闹。我看

着天上的银河系,想到可怜的牛郎和织女,还有七仙女和董永。特别是前者,不仅美,而且美得心碎和彻底;后者则有些单薄和语焉不详。

尤其是老牛舍身为义之举——把自己的角摘下来,送给牛郎,让他挑着两个孩子去追自己的妻子。在人间,谁会这样做呢?还有王母娘娘挥簪划出的银河,仅仅是一个距离,但牛郎和织女的坚贞爱情却绵延久长。可七仙女和董永的爱情,有些让人信不过,没人不喜欢富贵荣华,尤其是董永最终得中状元——叫人心里有点儿不舒服。而牛郎和织女只是为了爱情,去除了现实功利,显得更加纯粹和永恒。

从那个时候,我也在梦想一种类似牛郎的际遇——对普通的黄牛表示了最大的善意和尊敬。有几次替父亲放牛,坐在草坡上,牛们笨拙地吃草,丽日临空照耀。我坐在石头或者草堆上,忍不住陷入幻想:其中一头牛是通灵的、或是犯错后被罚下人间受苦的,当我遇到织女那样的好女子,它也会突然变成人,把自己的双角摘下来,让我腾云驾雾,飞入飘渺天庭,完成自己永世流传的神话传说。

这样的梦想贯穿了我的少年生活——有很多时候,爷爷也给我讲一些古灵精怪的故事。其中几个,二十年过去了,仍记忆犹新。爷爷说,从前村里有一个年轻小伙子,人长得模样特好,有一天,去水井挑水,刚回到家,扑腾一声摔倒,只说了句"俺去给蛇精当女婿了"就死了。据说,老水井很深(其实很浅),一直连到五里之外的后山,那里有一窟横穿整道山梁的石洞,是蛇精的家。好多年来,没一个人敢进去,就连放羊和割草都要躲得远远的。还说,后山的毛草坪里住着一窝狐狸,有老辈人说,有好几次见到一个老头和一个老娘们,带着几个穿红挂绿的大闺女,在核桃树下乘凉,或者坐在山坡上喝茶晒太阳。

这故事带有明显的亲历意味,在20世纪80年代以前,这类的故事在广大乡村举不胜举。爷爷还说道:村里一个老太太死了,入葬前一晚,突然"犯嗔"(即民间所说的诈尸及魔变),全身动起来,毛发变红,牙齿尖利,凶恶异常。要不是在场人多,用铁链捆住,把桃木楔子钉入心脏,后果不堪设想。有一个木匠,深夜借宿某家,第二天一早,却发现趴在一间老房子的梁头上,弄得满柱子便溺,几个月不会说话,软若无骨。五六十年代开荒种地,某人晚上睡在小房子里,早上醒来,却发现

53

自己躺在漫地里。

这一类的故事和传说,好像都没有什么寓意和教诲。纯粹的恐惧和不可解。爷爷还说:往山西左权老舅家走的路上,有一口深不见底的水潭(现在仍在,确实很深,水流不断),人称黑龙潭。一个木匠背着工具在潭边遇见一个白胡子老头,邀请他到家里做家具活儿。木匠就是出来找活儿赚钱的,有活儿干当然高兴。老头说,你闭上眼,把左手给我。木匠依言,只觉得一阵晕眩,睁眼一看,到了一座大宅院,豪华得不得了。几天后,活儿都做好了,老头说,给你几把黄豆吧。木匠有点儿不高兴。可还没开口,就到了黑龙潭一边的小路上。心里越想越生气,差点儿把黄豆扔了。天亮掏兜,却发现黄豆原来是金豆子。

黑龙潭另一处,有一座将倒不倒、二十多丈高的红石崖,上面有一个大手印,下面凿了不少的佛龛,至今香火鼎盛。爷爷说,二郎神杨戬不好好念书,他娘一着急,追着要教训他。杨戬跑到这里躲,他娘知道,脚一蹬,就把山蹬倒了。杨戬伸手一拖,就留下了个大手印。

如此等等的故事,充满神秘色彩和玄幻意味,拓展了我的想象力,在我的内心植下了最早的浪漫及恐惧。爷爷辞世十多年后,我还趁休假时机,实地去看了看传说中的黑龙潭和手托崖。样貌依旧,流水常新,佛龛仍在,山崖危立。只是,爷爷提到的很多人不见了,很多的事物和习俗将旧的打翻或掩埋地下,成为另一种事实。当然,这一类的亲历性故事,因为缺乏广泛的传播性和影响力,只能在熟知的人心里,留下一串清澈的涟漪。可是,一旦父辈一代人故去,这些故事,便也会在时间当中成为灰烬。

可这些故事对我的启发和影响不言而喻,传说和故事,在某种程度上构成了民族的心灵史诗,其中的仁义礼智信,基本上是儒家文化的民间版本,是一种渗透和教育的方式——考学失败后,我仍沉溺其中,梦想着有一天会在老水井、后山及附近传说之地,遇见可以改变自己命运的神仙。在众多同龄人纷纷结婚生育,自己仍旧孑然一身的年代,也梦想着遇见像织女、狐仙甚至蛇精一样的神仙女子,挣脱俗世肉身,加入到神仙和灵怪的行列。

在传说和梦想中陶醉,实际上比传说还要虚幻。二十岁后,我发现自己彻底转变了,以前那种不切实际的梦想乃至爱在传说中沉浸畅想的脾性随着强大的命运压力及现实境遇迅速消失,取而代之的是基于基本现实生存的务实主义和实用主义——中学时,那么虔诚地喜欢一个女孩子,也一直一相情愿地认为,她也喜欢我。但由于家境的悬殊——财富是地位的象征——我常常一个人躺在黑夜的床上,睁着眼睛,看黑暗中的屋梁,快意地想象着与那位女同学幽会、反抗、结合乃至私奔的情景,甚至设计好了道路和方向,准备了简单的行囊。

然而,这一切都是梦想,没人愿意与我忠贞不渝,更没有哪个人愿意和我一起奔向未知的艰辛的旅途。当一切破灭,我觉得我应当脚踏实地地做一些事情。后来发疯似的渴望财富,学着做生意,自己带了几条香烟,到山西高价卖,不但没赚到钱,反而赔了路费。又想从河北拉白面到山西换玉茭,从差价中获利,可又赔光了本钱。这对于一个十几岁的孩子而言,打击是巨大的,不仅是钱财问题,且还影响到了声誉——本想做出点样子给不肯嫁给我的人看看,却没想到越来越糟。

有几次,一个人走在日渐繁华的县城里,看着琳琅满目的商品,衣饰光鲜的人群与花里胡哨的各种日用品、装饰品,还有歌厅和录像厅……我想起爷爷讲的故事:一个人不知道从哪里得来一根木棍,随便一点,石头也能变成金子;还有一个传说,大中午时候抓一条蛇,把它的心脏取出来,拴在腰上,遇见自己喜欢的人露出一下,那人就像吃了秤砣一样,你走到哪儿就会跟到哪儿,你说怎样她就会怎样。

这样的幻想同样毫无意义,但对内心瞬间安慰令人鼓舞。我想,既然有这样的传说,就会有这样的发生——我想我要是富裕了,就把整个县城买下来,包括所有的人和商品,建筑和交通。我要娶一个比"她"更美丽贤惠的妻子,专门带到村子里,让她好好看看。后来又想,我有钱了,谁也不娶,还娶她,即使她结婚了也不要紧,我还会像从前那样去爱。有一次,还狂妄地想,像古代的比武招亲,在村里搭个擂台,所有的女子都来参加,供我挑选,到最后,我哪个也不娶,还会选择她。

典型的妄想主义,贫民的奢华梦,纯情少年的爱情乌托邦。到现在我还觉得,好多梦想是被传说激发的,也是对现实境遇的某种超越。再后来,一路向西,看到巍峨的祁连山,浩瀚无匹的戈壁瀚海,想到马踏匈奴的霍去病,饮酒作诗的李白乃至从戎戍边的郭子仪、范仲淹、辛弃疾、冯胜以及抬棺西征的左宗棠、饮恨河西的西路军将领杨克明和董振堂——甚至觉得,要是在战争年代,肯定也会像董存瑞、黄继光,亦或某些决战决胜的将军,横刀马上,兵戈疆场,成为一代英雄名将。

可那个时代已经一去不复返,古代名将和诗人在历史的尘烟中远去,空荡荡的马蹄和诗句在时间的照壁上轰响和悬挂。我什么也做不到——唯一可以的是冥想和幻想,是一个人坐在幽闭角落或躺在黑夜的床上海阔天空。二十出头的时候,忍不住汹涌激荡的情感和生理欲望,一边幻想旧时爱情,一边又想着更多的爱自己的女子,甚至只是想和某个人尽一时之欢——前提是,她们都是爱我的,而我可以不怎么爱她们。在单位,遇到盛气凌人的领导,总想着有朝一日可以以同等的身份和地位消除委屈,可以像更显赫的人物那样万人尊敬,前呼后拥,极尽权欲与尊崇。

那个时候,不觉得自己这样的梦想有什么不妥——当爱情幻化成灰,现实的铜墙铁壁和固有传统强大得无懈可击——而人的思维是无法管束的,只要不说出来,不妨碍谁,就是高尚的和隐秘的。以上的幻想,大抵是受到彭铿的影响,前一天,和同事们到沙漠某地参观彭祖御女壁画,回来就有此等幻想——还有一个传说:当年,彭加木等人在巴丹吉林沙漠某地看到一个喇嘛,坐在三棵沙枣树之间苦心修行。我能想象出那种孤寂的超脱,一个人面对巨大的沙漠,他的内心肯定有着一片丰美且沉静的草原。

再者说,一个人是最自由的,生死不受羁绊,其他的也都是自我的,与这个世界任何事物及欲望都没关联。有一年去祁连山深处的肃南裕固族自治县,在老虎沟、大岔牧场和马蹄寺等地,众多的青草从河边一直蔓延到山顶,覆盖的森林发出阵阵涛声,天空神秘而幽蓝,流水敲着玉石一样的石头,向着无际的天边。我想在那里砌石为屋,在青草上围一道篱笆,一个人,不,还要有另外一个人,常年住在那里,与世隔绝,种田得粮,种花怡情,再生许多的孩子,让他们像棕熊、雪豹那样,长大后,找一片安静之地,带着心爱之人……如此轮回,与日月同升沉,与大地共荣枯。

　　我的遁世思想至此逐渐深重，总想做一个隐士，彻底绝灭俗世名利，为生而生，为爱而爱——1998年，我到上海读书，在宽阔的四平路、夜晚嘈杂的五角场，乃至时常令人备感囊中羞涩的外滩、南京路、人民广场和浦东开发区，觉得自己与这个发展最为迅猛的东方大都市格格不入——很多周末不出去，到图书馆看书，或者三五个同学在宿舍胡说八道。那些年间，我读了不少的书——尤其是历史哲学类的，还有关于居延地区历代沿革及丝绸之路的各种文化研究。

　　从那时候，我知道了居延汉简与敦煌遗书，还有周穆王、玄奘、晋高僧法显、张骞及班超、亚历山大大帝、十字军东征、左宗棠及马可·波罗、刘鹗、彭加木、科兹洛夫、斯坦因、贝格曼等人在西域乃至中亚的事迹和传说。我想到：平沙万里的巴丹吉林沙漠与荒芜的大西北竟然如此神奇和厚重，尤其是沙尘暴迭起的额济纳（古代居延）竟然隐藏了如此之多的传说——野火中傲然重生的巨大胡杨树、在风沙中突然而去，数十年后携儿带女重现出现的牧羊人、乃至在哈拉浩特深埋千年的汉简及西夏文物、"（黄帝之母）见大电绕北斗枢星，二十四月后诞黄帝于祁野"的神话传说，还有骑青牛"出函谷，没入流沙"的老子及性学鼻祖彭祖留在这里的蛛丝马迹。

　　这些传说，有的与早年在南太行听到的异曲同工，有的则更旷达神奇，充满原始的生命力量、铁血素质和绮丽苍凉的梦幻色彩。有些年，我狂妄地想，自己这一生，一定要在沙漠留下一些传说——像先民在贺兰山、嘉峪关；像王维、胡曾、斯坦因、贝克曼在额济纳；像路易·艾黎在山丹；像常书鸿、李承仙在敦煌；像李广在陇西；像李陵在阿尔泰山；像苏武在贝加尔湖；像彭加木在塔克拉玛干；像高尔泰在敦煌和酒泉；像杨显惠在夹边沟、疏勒河……这是多么美好的事情啊，把自己融进传说，在书本和口齿之间流传，这本身就是一种不朽的梦想。

　　因为读书，儿时的梦想得以实现，尽管是世俗层面的——读书我觉得是天下最有意思的事儿，多年来养成了睡前阅读的习惯——没有书，我觉得什么都是枯燥无味的（可能除了某些激动人心的情境外）。我一直以来的梦想是：建一座超大的图书馆——像最近播出的好莱坞《图书馆员》系列电影那样，收集天下最神奇的梦想和传说，乃至人类有史以来的智慧和思想。我还想设立一个全世界,至少也是全中国最公正、最不受人情和各种利益左右的文学、科技、美术、电影电视及环境保护大奖,奖金 100 万元人民币以上;在自己创办的学校梦想学课和相应的研究机构;创建一本专门刊载和传播各种各样的梦想和传说的大型杂志——世俗和不道德的也算,自私的和暴力的也不会拒绝,全面持续呈现世上每一个人最真实的私欲与梦想,存在和传说。

28 岁那年,正式恋爱后,在无数场合,面对妻子,我发誓要给她最好的生活,她总是笑,我现在才知道,这尽管不是一种狂妄,但对于一个平民(顺民)而言,难度可谓"平步青云"。这算不算欺骗?我时常感到不安,随着时间的更替,却没有了当初那种创造欲望。当看到自己的孩子的时候,我想到给他最可靠的保障和最好的教育。面对父母和爱我的长辈,我想给他们最好的晚年生活——可我至今一件都没做到。尤其是 2009 年春天因胃癌过早去世的父亲,我想用自己的命来换,可是最先离开的还是他。

对一个人而言,所谓的梦想是一个由高到低、由高尚到庸俗甚至卑劣、由干净到污浊的过程。我时常想起小时候那些飘渺而单纯的传说和梦想,与现在相比,觉得自己正在严重蜕化,像一个神仙突然贬落尘埃,像月宫嫦娥突然变成泼妇,像善良美丽的仙女转变为巫婆……更像是一个皓首穷经的信者,最终走上了暴力杀戮和断章取义的"贩卖",更像一个既得利益者酒足饭饱后的训导和演讲。

每次回到家乡,我就想,要采取一些办法,修复被采矿选矿而污染的田地和河流,想把那些传说发生之地开发出来,想把有限的土地改造并合理利用起来,让人人都能赚到足够生活的钱财,收获足够的粮食——给母亲修建一座可以安度晚年的宅院,让拘谨的山里孩子们都去读书,满世界跑——梦想乡村真的像"帮闲"文人笔下那样安静祥和,没有利益争夺和伤害。梦想有朝一日回到母亲身边,有足够的钱财和精力孝敬她,让她每天都高兴,和我们一起生活。

当然,我也不喜欢战争和灾难,希望这个世界每一个人都是仁慈的,真正的博爱和自由;到哪里都不用担心有危险,被伤害。然而,这是不可能的,战争、谋杀、贪渎及伤害每天都在发生,它们与善良、和平、

58

博爱和同情此消彼长、相互融合又相互制约。每个人的心底都埋着野兽和上帝。其实,渴望平安一生,战争消失,灾难不发生,大都出自一己之私,因为无法避免,总想着自己平安快乐就行,而忽略了他人和后世。

由此,在内心底层,高尚顶端,我更喜欢以身饲虎的大爱、我不入地狱谁入地狱的慷慨、一生洁净的虔诚和信仰、众生平等的兼爱和博爱。在俗世名利,现实生存面前,我喜欢一个人有足够的能力和钱财安妥好每一个亲戚朋友的生活(典型的"一人得道,鸡犬升天"),真正做到心怀平等,做一些宜人乐己的事,比如开设农村无息贷款银行、设施完备的养老院、面向整个农村人群的慈善基金会、不收任何学费的学校,还有公墓、医院及公民知识(素质)培训机构,资助那些真正"科研"的"人"、创造的人,身体力行地(宣传)农村生态环境保护,把那些即将失传的"民间文化"录制成片,在沙漠力所能及地种植树木……可我只是一个我,在南太行乡村和母亲面前,还是一个孩子,一个对什么都无能为力的人;在巴丹吉林沙漠和浩大的世界,我是我,或许也不是我。我不过是一个客居者,在浩瀚人世,只能算一个可有可无的过客,乃至时间、自然资源和人类文明。智慧和劳动成果"无能为力"的消费者、甚至垃圾制造者……除此之外,我的梦想与现实形体一样——强大而卑微,困束和忍耐。

我们的生活

1

奶奶病了，重感冒。娘拿了一升白面，用白色的布匹连木升一起包了。带着我，从案子沟村一边的山岭上，走上来，再走下去。路过几户人家，上了一面台阶，到奶奶家的院子里，大声说：娘，俺来看您了！里面没有声音。娘又说了一声，还是没人吱声。娘脚步没停，拉着我，跨进了爷爷奶奶的家。我想里面肯定没人，进门，看见爷爷坐在炕沿上，一身粗布衣服，手中的旱烟袋冒着大团大团的白烟。爷爷身边，是一个花白的脑袋，头发蓬乱地盘曲在光滑的炕沿上。娘说：快叫爷爷奶奶。我怯生生地，看了一下眼睛空洞的爷爷，再看看奶奶的白发。娘又说，快叫呀！我叫了，声音很小，爷爷奶奶没有吱声。娘走过去对着奶奶的白头发说：娘，没事吧，您咋个难受法儿呢？奶奶没有抬头。爷爷只是抽着旱烟，脸朝着与娘相反的黄土墙壁。

娘又大声对奶奶说，娘，你睡着了？正要侧身时，爷爷突然说，刚才还在喝汤呢！没啥事儿。爷爷的声音很大，生硬并且冷漠，我打了一个哆嗦，急忙扑到娘的怀里。这时候，奶奶的头才动了一下，侧脸看看我和娘，又把脑袋放在枕头上，说，里面的柜子里有饼干，给孩子吃吧。

娘再次凑近奶奶的头说：娘，你感觉咋样儿，要不叫和尚沟的挺林来给您打一针吧？奶奶说，不用打了，能有啥事儿？没事儿！语气和爷爷的一样。娘说，那您老好好歇着，俺明天再来看您。娘抱着我站了一会儿，似乎在等奶奶一句话。过了老长时间，爷爷和奶奶谁也没有吱声，娘才转身，抱着我，迈出了爷爷奶奶家的门槛。

见到爷爷奶奶的机会很少。当时，他们在杏树凹村，我们在案子沟村。虽然只隔了一道山岭，但也很少往来。那些年，父亲在一个水库当

工人,几个月回来一趟,住几天就走。娘一个人,带着我,跟在村里的男人女人一起,下地干活。村里的田地散落在村庄四周,坡上和河沟边儿上都有,还有相距四里外的庙坪上也有十几亩。娘天天带着我,从坡上到坡下,从这块儿地到另外一块儿地。春天,抡着镢头和男劳力一样刨地。她干活,把我放在地边,给几块糖、花生或者干了的柿子等小吃。我在地上坐着。看天,看四处纷飞的蝴蝶和鸟儿,看见泥土中好看的石子,还以为是糖块,爬过去捡起来,放进嘴里。

夏天很热,娘戴了草帽,也给我一顶。她背着我,沿着卵石横陈的河沟,往后沟旱地走。有一次,我看到了奶奶,扛着锄头,手里提了一只好看的水壶。还背着一个和我一般大的孩子。老远,我就大声喊奶奶。可是,奶奶很少答应,很快就走远了。我不知道奶奶为什么不理我,也不知道她背上那个孩子是谁。

奶奶和娘在一块地里干活,歇息时,奶奶走到另外一个孩子身边,拧开水壶,又从兜里掏出一些花花绿绿的东西,往那个孩子嘴里喂。我在娘旁边,远远看着。转脸看着娘说,娘,俺饿了。声音哼哼唧唧,带着哭腔,要娘去奶奶那儿拿点给我吃。娘不动,我大声哭叫起来,娘摸遍了全身的衣兜,摊开的还是一双空空的手掌。我不行,哭,越来越厉害,娘解开上衣扣子,把我的嘴巴放在乳房上,那里面早就没有奶汁了,我不知道,还在使劲儿嘬,疼了,娘说,早没了,还吃啥?我不行,又一头扎进去。

2

下雨了,不是很大,但很均匀,持续时间也长。娘背着我,手里举着一把黄色油纸伞,到杏树凹去找奶奶。正下山岭,看见奶奶在姑妈家院子的塑料棚里。坐在织布机前,枣木的木梭在粗粗的白线和黑线之间鱼样穿梭,两只小脚有节奏地蹬着下面的踏板。从马路上拐过去,没进姑妈家门,站在姑妈邻居家的屋檐下。娘对奶奶说:娘,俺一个人,带着孩子,没工夫织布,看您能不能给俺捎带织上个三丈两丈的?

奶奶一直没有吭声,自顾自地织布,不看我们一眼。过了一会儿,

娘身体突然哆嗦起来,接着声哭。我也哭,眼泪跟檐上流下来的雨水一样多。奶奶仍旧坐在那儿织布。娘哭着,背上我,沿着来路,往家走。一路上,娘的肩膀和后背一直在颤抖,不停地腾出一只手,在脸上擦。我好像也看到爷爷了,坐在姑妈家的门槛上,抽烟,脸上没有表情。

天晴了,父亲回来了,给我带了一身衣服,大方格,各种颜色都有,穿起来很洋气。娘拿过来,一边给我试穿,一边说:要不是回来得及时,你儿子就得光屁股了。我很高兴,不要娘再脱下来,晚上睡觉,也不脱。娘说我是半生福,开始我不知道是啥意思,娘说就说吧,我不管。后来才知道,这是个埋汰话,是说有吃的赶紧吃完,有穿的现在就穿,今儿有饭就不管明儿事儿的人。

第二天一早,天还没亮,我就被叫醒了。没有灯,娘给我穿好衣服,放在背上。父亲拿了镰刀,走在前面。凌晨的黑还在村庄和山坡上漂浮,早起的鸟儿叫声朦胧。沿着往后沟走的河滩,趔趔趄趄地走。走着走着,我睡着了,任凭身体和梦境在娘的背上摇晃。醒来,发现自己躺在一块大平板石头上,身下湿湿的,仰头时是长满绿叶的栗子树。四周很静,对面山坡上传来镰刀割草的沙沙声。我不知道在哪儿,身边一个人也没有。我害怕,哭了,然后翻身,从石头上摔了下来。

娘说,她和父亲去给生产队割草了,队里养了很多的驴、骡、牛和羊,到冬天就全凭着干草喂养,每个劳力一年要交500斤的干草。第二天一早,我左手腕莫名其妙地肿起一个椭圆形的大包,很疼,连自己的脸都够不到。娘说肯定是骨头断了,父亲又到水库上班去了。娘白天干完活儿,吃完饭,趁着逐渐变黑的夜,背着我,到石盆去。走着走着,汗水浸湿了我的前胸。娘让我走一会儿,我就走一会儿,可还没有走出十丈远,就又要娘背。

一连几次,手腕还是肿疼。大姨说,邢台某地有个不赖的骨科医生,去看看,说不定能看好。娘打听具体姓名和住址,又在傍晚,一个人,背着我,走到13公里外的乡政府所在地,又爬一边连绵低纵的山岭,沿着茅草丛生的小山路,上坡下岭,气喘吁吁。山里树木繁多,风也大,到处狼叫。我问娘那是啥叫,娘说没啥在叫。遇到树木和紫荆灌木茂盛处,娘打开手电,胡乱晃上一会儿,大声喊叫几声,没异常动静,再

背上我走。

凌晨,一个满头白发的老头儿端着我的左手腕看了半天,说是骨折,还有可能是骨头碎了。然后开药方,抓了几包中草药给了娘。沿着来路往回走,我喊饿,娘说忍忍就到家了。老远看见一棵元枣树,很大很高,娘背着我快步走到树下,仰头看看,放下我,抓住树干,使劲摇,树一动不动。娘搬起一块大青石,冲着树干砸过去。树动了,黑色的元枣噗噗下落,也落在我和娘的头顶上。

3

弟弟出生了。娘说,有了弟弟,你就是大人,你得帮娘看好弟弟。我一直不愿意,抱弟弟抱不动,在地上拖来拖去。弟弟老哭,娘听到,训我欺负弟弟,不是个好哥哥。那年五月,洋槐花开,满山遍野都是白色的花朵,在青翠的叶子之间悬挂,也不知道从哪儿来了那么多的蜜蜂,不但包围了洋槐树林,还飞到村庄,在我们的院子里嗡嗡嘤嘤。弟弟当然不知道蜜蜂厉害,有一只落在他手上,他抓,蜜蜂疼了,蜇了他。弟弟哇哇哭起来,去放水浇地的娘撩着渠水走到房下面的地根儿,听见,跑回来,一边骂我,一边给弟弟把蜜蜂的毒汁挤出来。

弟弟两岁时,父亲回来,再也不去水库上班了。这对娘来说,是个天大的好事。忙的时候和娘一起种地,闲的时候去山上割些荆条回来,捋掉叶子,放在池塘里泡。冬天捞出来,编花篓子。一只卖 3 块钱,父亲手快,一天编 10 个不成问题。娘也跟着父亲去山上割荆条,把我和弟弟放在家里。弟弟长到 3 岁,我懂事了许多。有一天,武安一个专门走村照相的人路过,娘叫住,我和弟弟合照了一张相。弟弟比我低,娘拿了小凳子,让弟弟踩上,兄弟两个的肩膀紧紧挨在一起。

村里找人放羊,父亲是个放羊能手。娘说,放羊也好,守家在地,还能挣钱,让父亲揽了这活儿。那些羊以前属于集体,后来按人口分了,一家几只或十几只,全村加起来,有 200 多只。父亲整天赶着羊群,从这面山坡到另一面山坡,站在高高的山腰或者山顶上,吆喝羊群的声音在河沟流传。中午,我去给父亲送饭,看着他吃完,再把碗筷拿回来。

晚上父亲自己回来吃饭,再回到羊圈,和羊们睡在一起。五月和秋天忙,娘让我替父亲放羊,一个九岁孩子,赶着羊群,学父亲的样子,站在山坡上,羊群的头顶,装模作样地吆喝,用石块对付那些不听话的羊。

羊群出村的路边到处都是田地,每家每户都有,羊群只能从窄窄的河道里来来回回。父亲和娘怕羊们吃了人家的庄稼,每天都要叮嘱我几次。可是羊们不听话,它们个个跟我作对,看住一只,看不住十只。它们分头进行,把嘴巴伸向庄稼的身子或者叶子,采一把是一把,吃一口算一口。有几次,偷吃了老武生和晓民家的白菜、黄豆和玉米,他们的娘站在自家院子里,对着我们家的房顶大声喝骂。娘叫父亲去给人家说说好话,羊吃人家多少,咱赔多少。

收购蝎子的人隔三差五到村里吆喝。娘说,放羊也能捉蝎子。给我找了一个罐头瓶子,把一根竹筷均匀劈开,中间夹一根小木棍,再用线牢牢绑住,给我做镊子用。我翻遍了山上的石头,也没捉到几只蝎子。有一次,好不容易捉了十几只,下坡时摔了一跤,罐头瓶碎了,蝎子趁机逃跑。我大着胆子,捉了两只大的,用一根青草串了,带回来,卖了一块钱。娘说你就没有外财命,别人的孩子一天五六十只上百只,你最多就是十来只。不捉蝎子了,刨药材吧。我赶着羊群,扛一根镢头,挎一只小篮子。蝎子会跑,不知道它们在哪块石头下面住着;药材不会跑,在哪儿就在哪儿。开始,我不大认识药草,父亲说了几次,但还是混淆,常常把小榆树苗儿当成黄芪或者柴胡。

4

曾祖母过世后,爷爷奶奶从杏树凹搬了回来。秋天的一天,爷爷带着弟弟在马路上玩,不小心从路边滚了下去。路基很高,坡面很陡,距离河沟大概有 100 多米。爷爷脸上血肉模糊,鬓角掉了厚厚一块皮肉,左肩膀折了,疼得叫唤。送到五里沟医院,住了好长时间。

爷爷还没有痊愈。娘说,爷爷住院时,借了姑妈十块钱,娘想等爷爷好了再还。没想到姑妈上门逼债。娘对姑妈说,给咱爹治病,这些天手里没钱,俺肯定还你,别害怕。姑妈说不行,俺们也过着时光,没钱可

不行。娘说,都是一家人,这么急干啥?姑妈跳起来跟娘吵。娘没办法,跑到大姨家,借了十块钱,给姑妈送到家里去。

我想这件事一定伤害娘了。爷爷养病时,奶奶和父亲不在,我就去他家看护。爷爷躺着也会给我讲一些鬼怪故事。那时我正读小学4年级,自恃学了字,就对爷爷说,俺认识好多好多的字。有天晚上,爷爷说,俺说你写,看你能不能写出来。我说行,拿了一张旧报纸,趴在炕沿上,龙飞凤舞地写。爷爷背的是毛主席语录,很流利。娘说,你爷爷以前也算是个秀才,是他那辈人当中识字最多的一个。

弟弟也懂事了,不用人专门看护。兄弟两个老是打架,不是真的打,闹着玩儿,你捅我一下,我捣你一拳。出手轻重不同,疼了,就气恼,追着打闹,非要让对方也疼不可。娘说,你大,没个当哥哥的样儿。有时候替弟弟打我几下,真打。我叫疼,等娘不在,偷着把疼还给弟弟。

学校放假,都是农忙时节。爷爷不能干活,父亲让我去给奶奶帮忙,表弟也来,兄弟两个帮着老人收拾完地里的活儿,还没有开学,背了架子,去山上割柴。在奶奶家吃饭,睡觉,一个月都不回家。爷爷奶奶很喜欢,我们也争着抢着干活。有一年秋天,快开学了,奶奶说,两个孩子给俺帮了不少忙,奖励一下。拿出两只匣子,一个给我,一个给表弟。打开来,看了又看,感激地看着奶奶。表弟也打开来,我侧脸看到,他的匣子很精致,里面还有好多的小抽屉,一层一层,像是一个小型木桌。而我的却空空荡荡,连个隔板都没有。

抱着匣子回家,父亲和娘看我不高兴,问我,我哭了。娘说你奶奶就是偏心。父亲说这个也挺好,大,装东西也多。娘和我同时瞪了父亲一眼,把匣子推到地上,又一脚踢到木桌下面,直到新房子盖起,搬家时候它还在那儿。每次看到,心里隐隐难受,很自卑,但也从来不敢在奶奶面前发一句牢骚。每年放假,还和从前一样,去给奶奶帮忙。拼命干活儿,想着奶奶再给东西时,能有一个比表弟好的。

弟弟不怎么去奶奶家,去了,待不了5分钟,就出门回家。一天中午,弟弟哭着回来,对娘说,奶奶骂他了,说他只能吃不能干。还有一次,弟弟顶撞奶奶,我看见了,很生气,训弟弟四六不懂,以下犯上。弟弟转身和我吵。回到家里,兄弟两个还在吵。没过几天,和弟弟一块儿从大姨家回来，到奶奶家待了一会儿。无意间看到，奶奶竟然偷着，咬牙切齿地用手指点弟弟的后背。这在乡里，对任何人来说，都是难以容忍的侮辱。

5

爷爷奶奶老了，挑水都成问题，我上中学，冬天住学，星期天回家，都要去看看他们。他们也对我好，我有闲钱了，给他们买些香烟。爷爷奶奶吃"安乃近"上瘾，特别是农忙时，说吃那药干活有劲儿，我和表弟也曾学着奶奶吃过几次。后来，爷爷奶奶双双发展到不吃不行的地步。我也是糊里糊涂，有钱就给他们买些，他们夸我孝顺，是个好孙子。

家里做了好吃的，娘就让我端些给他们送去。原先在一个村子里，送饭很方便，上一道台阶，再转过一个弯儿就到了。13岁那年，娘和父亲自己趁着冬天打石头，背石头，砌地基，把房子盖到村庄外两里的地方，很清净，但给奶奶爷爷送饭远了，要过一道山岭，一道河沟，还要上一个斜坡。

18岁那年的冬天，奶奶说，你表弟要结婚了，你得劝劝你娘。你们两家可是正儿八经的亲戚，可不能让人家笑话。我坐在奶奶家的椅子上，墙壁上的灰尘蛛网一样，有风或者有柴烟的时候，那灰网一飘一飘的。奶奶抽着我递给她的银象牌香烟，每抽一口，都发出很响的吧嗒声。爷爷也坐在炕沿上抽烟，无神的大眼睛死死盯着一个地方。

我想也是的，亲戚嘛，大事应当靠前。就说，奶奶，没事儿，我回去给俺娘说说。娘说不去，坚决不去。我说去还是要去的。娘说，除非你姑夫和姑妈亲自来给我说，不然的话，谁也不能去。不怎么爱说话的父亲就在旁边，听了娘的话，唉了一声，走出了家门。

表弟结婚的日期确定下来后，每次去大姨家从姑妈门口路过，姑夫和姑妈都要喊我进屋坐坐，强留着吃了饭再走。有几次，还让奶奶给我捎信让我晚上去他们家。我去了，姑妈和姑夫很是热情，在他们家坐着扯闲话的人，也帮着他们劝我说，这都是正儿八经的亲戚，外甥子结婚舅舅和妗子不来哪算个啥？回去劝劝你娘，有啥大不了的事情呢？我

哼哼哈哈答应。有几次,姑妈专门给我说了当年和娘闹矛盾的具体原因和情况,我回去找娘核实,娘不要我听姑妈胡说,她说的才是事实。

提前两天,姑妈派人站在山岭上喊我,叫我去帮忙。娘说你去就去吧,孩子家没事。那几天,娘不知道从哪儿买了一种药,可以把脸上的雀斑去掉。不知道是受了娘的遗传,还是那时脸太过白皙的缘故,鼻梁周围有一些雀斑。娘给我点了药水。谁知道,不一会儿,本来不怎么明显的雀斑凸了出来,远看像麻子。我不好意思出门,可不去不行,只好硬着头皮,跟着杏树凹村另一个上了年纪的人,到各个村子里去借盘子碗筷桌子之类的家具。

忙活了一天,借回不少东西。吃过晚饭,姑妈和姑夫又把我叫进屋里,让我回去再劝劝娘。我说劝一定要劝的,就看能不能劝动。回到家里,我还没有开口,娘就叹息了,说你看你表弟和你同岁,人家都要结婚。媳妇还是自己找上门的。你虽然多上了几年学,连个媳妇都找不上。这话我听多了,自从不上学之后,娘每天都要说几遍。我说不要紧,该有的都有的,迟早的事儿。娘不这样认为,说,别想好事了,就你那个好吃懒做的样子,谁家的闺女瞎了眼睛找你?!我一听娘这话就来气,夺门而出,跑回自己的房间去了。第二天一大早,我就又去姑妈家帮忙。晚上刚一进门,看见姑妈、姑夫和村主任坐在家里,叽里咕噜地说话。不用听,我也知道说的什么。

第三天早上,娘很晚才收拾了,临行前,还喃喃问自己:去还是不去?我说肯定要去,答应人家了,就得去。娘又在院子里转悠了一会儿,这才回家拿了东西,带着父亲、我和小弟,沿着山路往姑妈家走去。那天很热闹,高音喇叭播放的流行歌曲满山沟里乱窜。酒席散了,娘去上礼。舅舅、姑妈、姨夫等直系亲戚一般都是100块,娘拿了180块,我在旁边看着娘交给记账的人。觉得娘做得好,走过去说,娘你真行。话还没说完,表弟的干爹交了200块。旁边有人说,亲戚当中舅舅最大,超过舅舅就不像话了。那个黑不溜秋、个子很矮的男人话音没落,我不由自主地骂了一声。他大概听到了,转脸瞪我,我也瞪他。我气势汹汹,他满面怒容,对峙许久。

6

那天阳光很好,虽是冬天,也有些燥热。眼盲的爷爷双手粗糙,抓紧被许多双手磨亮的铡刀把儿,两条手臂有节奏地起落——那些已经干了的玉米秸秆,在铡刀下面咔嚓咔嚓断裂,一截一截——向外分开,茬口雪白。奶奶不断将玉米秸秆抱作一团儿,一点点地放上铡口,洁白粉末溅起来——落在她的头发和衣襟上。

好不容易把一大堆玉米秸秆切完了,奶奶说,吃了饭后,再到村外挑些湿土回来,春天又要到了,不沤点粪不行。下午3点左右,奶奶和姑母惊恐而凄厉的声音响彻村庄。迷糊之间,听见姑母变调的声音在喊:俺爹不在(过世)了!我猛然惊醒,睁开眼睛,踢上鞋子,冲出房门。

尾随父母走进爷爷的房门,爷爷躺在黑洞洞的炕上,一动不动,父母、奶奶和姑母放声痛哭。我没哭,走到炕前,看见爷爷的脸,大概是刚刚离开的缘故,圆润的脸庞还和平时一样,胡须似乎长长了许多——硬硬地翘着;左额角的明亮伤疤依然清晰——但却没有了呼吸。我想,爷爷真的走了,哭声充斥了整个房间,震得屋梁上的烟垢和尘土簌簌直落。站在炕前,我有一些悲伤,想使自己哭出来,可是我越是努力,越是糟糕,半天挤不出一滴眼泪来。

医生来了,先看了看爷爷的瞳孔,摸了摸爷爷的胸脯,撬开牙关,看了看舌头,说是大概死于心肌梗塞。但是我一直弄不明白,上午时候,爷爷还在帮忙切玉米秸秆,中午还吃了两碗面条,和我们说说笑笑,没有一点儿死亡迹象。短短几个小时,一个活生生的生命怎么就没了呢?这真让人迷惑。

按照乡俗,要等三天之后才下葬。这三天晚上,要有人守灵。第一天晚上,奶奶、姑母、父亲和我,一块儿睡在爷爷的尸体旁边。我小,奶奶把我放在最边上。依次是父亲、姑母和奶奶,还有一位大伯,坐在煤炉边,吧嗒吧嗒地抽了一夜的烟。屋地上放着一口棺材。我没有太多的想法,躺下就睡了。夜半时候,他们几个人叽叽喳喳的说话声把我吵醒了。那位大伯说,他听见了爷爷的呼吸,把手伸进爷爷胸膛摸,大约10秒钟,抽出来,摇摇头说:"可能是胸脯里还有气吧,我还以为俺叔叔活

过来呢！"

爷爷的丧事浩大，是我记忆中家里最大的一次活动。不但请了吹鼓手，放了两场电影。山西左权的姥舅和奶奶石盆南街的一个后代来了，娘和我们都披麻戴孝，跪在灵前哭泣。管事人来说，两个后代有事找娘。我和弟弟、表弟和表妹，还有姑妈、姑夫等继续在爷爷的灵前跪着。不一会儿，听见娘哭叫的声音，穿过来来往往嘈杂异常的人群，传到灵棚里。我急忙起身，快步跑过去，看见娘还在哭，姥舅和石盆南街的后代气势汹汹，我急了，问怎么回事？娘哭着说，你姥舅他们说我不孝顺，要我给他们跪下赔礼道歉。

母亲倔强，不轻易妥协。姥舅和另外一个人要娘跪下认错，按照乡俗，是死去前辈后人惩治不孝儿女的一个方式，虽然挽不回什么，但可以给乡亲邻里看，对当事人是个羞辱。

下葬那一天，冬日太阳照着远山近水，虽然草木枯疏，但也可使我们这些孝子贤孙少受了一些寒冷之苦。我们仍在灵前跪着，有气无力地哭。众多的邻人亲戚在我们家房间院子里穿梭忙碌。吹鼓手没完没了地吹唢呐，拉二胡，悲伤的音调让人感到一种彻骨的凉意。

我心里虽然很伤感，但还是没有一滴眼泪。就要下葬了，哭声又格外痛快而凄切地响了起来，尤其是姑母和父亲，嗓子已经嘶哑了，还在使劲嚎着。后来我才知道，哭也是有讲究的，第一次看到长辈亲人的尸体时要哭，而且要放声大哭，听到的人越多越好；起灵（下葬）时要哭，更要凄烈，更要逼真，让前来帮忙的人知道，自己有多孝顺。

吹鼓手们的音调突然变了，是《百鸟朝凤》。好像是个约定俗成的规矩。下葬前吹什么，下葬时吹什么，都有讲究。村里的一些壮劳力各执一根粗大的木棒，走到爷爷棺材前，有阴阳先生拿着桃木楔子和一些很长的铁钉，把棺材盖好，抡起锤子，劈劈啪啪，就把棺材钉了起来。然后拴上绳索，塞了杠子，齐喊一声，抬了起来。我们也站起身来，随在棺材后面，一路放着哭声，朝着祖坟的方向，缓慢移动。

到了坟地，下葬时，谁也不可以哭，尤其是抛土下埋的时候。如果谁要哭，就等于把自己也埋到坟里去了——父亲抓起堂伯递来的瓦罐，使劲儿一摔，碎了的瓦片弹跳了几下，落在爷爷的棺材顶上。所有的人都哑口不言,一锨一锨的黄土扬起、下落,直到隆起一座新坟,插上柳枝和花圈的时候,哭声又起。

7

第二年,我离开了。娘说,你就爱看书,写写画画,人也瘦,在家,打工不行,种地不会,出去吧。那时候,我正在山西,一个大雪纷飞的早晨,娘来了,一进门就说,赶紧回去,人家等着呢!手还没有捂热,就拉着我上车,直接到沙河市里。

就要走的那天,娘没有悲伤,一滴眼泪都没有掉。送我到乡政府,嘱咐了一些话,看着我乘坐的车辆渐渐远去。在西北前些年,一个月80多块钱,肯定不够我用。看着其他人花钱大方,心里也很羡慕,给娘要过几次,娘问我干啥用,我说买书用。事实上,娘托人寄来的钱少部分用来买书了,多数都是自己花掉的,具体做了一些什么,转眼就忘了。后来实在不好意思,就忍着。直到1996年,拿到第一笔工资,第三天就回家了。

娘很高兴,说我终于出息了,没给她丢脸,也没有让人看笑话。我说,娘以后咱有钱了,一脸一心的自豪。去看奶奶,她真的老了,但身体还很好,尤其牙齿,比她小十岁的人都没牙了,奶奶还有,还能吃硬的食物。我觉得高兴,在奶奶家,说东道西。奶奶总是说,俺平儿是个孝顺孩子,就是不知道俺死的时候你在不在跟前。

我要奶奶不要说死,奶奶非要说,我就说,我一定在,奶奶,你放心,俺给你养老送终。奶奶高兴,出门见到人就夸我,还把我给她买的衣服、吃的东西带着,说这是俺平儿给俺买的。我给了钱,奶奶到商店买东西的时候专门对人家说这钱是俺平儿给的。奶奶还说,啥时候俺平儿娶了媳妇,给我生个重孙子,俺死了也就歇心(安心)了。奶奶也曾对山西的亲戚说,在山西给我找个媳妇,也确实找了一个,我没同意。

临走,奶奶从对襟衣衫里掏出一百块钱,硬要给我,我说奶奶俺有呢。奶奶说,你有是你的,这是奶奶给的。话音没落,改口说,这钱也是你的。奶奶一个劲儿地叮嘱说,常回来看看,奶奶没几天可活了。娘看

着,等奶奶不在身边,说,小时候你奶奶像这样该多好。

　　春天,奶奶突然病了,是肿瘤。我再一次回家,奶奶说,吃不下饭,吃了就吐。我和表弟一起,送她到沙河的二十冶医院检查,结果出来:癌症,晚期。我们想做手术,医生说手术也没有用了,扩散了。为了蒙骗奶奶,我买了吗丁啉之类的药,对她说,没事儿,消化不良,吃了药就好。

　　娘知道了,一声叹息。说,这样,咱得对人家好些,也没啥可计较了。不到一个月,奶奶病情恶化,父亲搬了铺盖,日日夜夜守在奶奶身边,给奶奶梳头、洗脚、擦身子、喂饭。奶奶想喝健力宝,她说那个好喝,表弟和我给她买了几箱子,喝了一些,便再也不喝了。没几天,原先肥胖的身体就变成了一把骨头,干瘪的皮满是斑点和皱纹。我去看她,她还一遍一遍问我,奶奶还能好么?我说能好的,奶奶,没事儿。谁都知道我说假话,就她不知道,脸上挂着一抹笑。

　　奶奶不能吃东西,娘叫医生输液,每天以氨基酸维持生命,娘说,谁不心疼钱?可人家是老人,是娘。娘把给弟弟娶媳妇的钱都取出来。每隔三天给医生付一次账。我在家待了两个多月,要满足奶奶的心愿,单位催我回去,我找算命的和医生询问,他们都说,起码要过了这个秋天。我想等秋天再回来也好。临走,和父亲一起,陪奶奶一夜。第二天要走,不敢回头看,出门,眼泪就流了下来,在院子里站了好久,才回家提了东西,上车。还没到单位,给家里电话,说奶奶死了,就在我走后的第三天。

　　娘说,奶奶死得不痛苦,做儿媳的没亏欠。娘还说,奶奶死的那天,下了一夜的雨,父亲和弟弟坐在水里,在打麦场上给奶奶守灵。这事情,父亲和弟弟一直没跟我说过,我想,奶奶如果地下有灵,她该知道,我辜负了她,而弟弟做到了。娘也说,你父亲是个好人,对你奶奶真好,你姑妈说自己有病,不能来,你爹也是满身的病。娘说得有点激动,始终坐在一边抽烟的父亲突然说:还念叨那事儿干啥,谁伺候不一样?娘看了看我,又看了看父亲,接下来,是沉默。

8

又一年夏天,从上海回家,和娘闹别扭。好长时间,娘怎么也不肯原谅我。临回西北前一天中午,娘说我,我哭了,给娘解释,她一句也听不进去。我一家人坐在院子的椿树下面,气氛很是沉闷,一边的弟弟劝娘不要这样说我,娘不听,还说,继平你以后别跟你哥学,俺以后再没他这个儿子。我再解释,娘把头扭在一边。我急,拿烟头,按在自己的左手背上。

回到西北的第一天黄昏,想对娘说话,而家里还没装电话。打到邻居家,娘不来接。我等了十几分钟,眼泪汪汪的,没敢流出来。后来打了几次,娘还是不接,我没办法,就写信,弟弟会念给娘听的。听了,娘就会宽容和理解。后来打电话,娘还是不接。有一次打,邻居说,继平要结婚了。我很高兴,问媳妇是哪儿的,叫啥名字。

弟媳家在砾岩村,姓张。两家之间隔着两道小山岭。我离开时,她还小,没什么印象。一次探亲,见到一次。当时,娘还说她干活儿麻利,绣花、做鞋、裁衣服,样样都是好手。多次和大姨、小姨商量,要请人做媒,说来给弟弟做媳妇。我问弟弟喜欢不,弟弟说不喜欢。当时,弟弟也在山西谈了一个,据说那闺女还跟着弟弟来过我们家,住了一晚。弟弟也很喜欢,但娘不同意,说那闺女身上有狐臭。

这门婚事,弟弟和娘没有给我打电话说,他们就定了。我没有想太多,心里很高兴。在上海,把钱花得一干二净,还借了一些外债。弟弟要结婚了,我应当承担,不为弟弟,也为父母。找人预借了半年工资。当时,我很想回去,也应当回去,但一时走不开,就让未婚妻带上所有的钱,回家帮着给弟弟办婚事。

2001年回到家里。娘忘了以前的事,很高兴。叫我给一岁的小侄女起了名字。几乎每天晚上,都和娘,和父亲在一起,还有弟弟和弟媳,说家里的事情。黑夜沉沉,村庄都睡了,我们家的灯还亮着,清冷的光落在院子,照见被风吹动的沙土和枯叶。父亲一般不怎么说话,就是我和娘,弟弟也很少插话,都在一边安静地听。娘说,献平终于长大了,知

道盘算家里的事儿，俺也放心了。

娘爱唠叨，一会儿不说话憋得难受，我小时候不爱听，弟弟到现在也不爱听。说娘，啥话说一遍就行了，说多了没意思。娘说，说一遍你们两个能记住么？多说一遍又咋了。或许我和弟弟的年龄和心境不一样，常劝弟弟说，娘唠叨就唠叨吧。她愿意说，就让她说吧。在家那段时间，娘唠叨，弟弟再也没有表示异议。唠叨的时间长了，弟弟就走开。我倒是很喜欢听，不管娘说啥，说几遍，都能听进去。很多时候，让娘讲以前的事情。娘很乐意，不断给我重复我小时候的事情，说到了我的调皮，1岁多就能走街串巷，找到小姨家。还说我长得很俊，里沟村的一个妇女还说，将来把她女儿给我当媳妇。

说得最多的，还是家长里短。娘对耻辱和疼痛记忆牢固而顽强。说到自己和我、弟弟受到的欺负和委屈时，娘哭，我也跟着哭，心里不由自主地升起仇恨。往往，没到深夜，弟媳熬不住，带了孩子，回房睡觉去了。我们也希望她去睡觉，弟弟一直说，他不喜欢这个媳妇，从一开始就是。要不是娘、大姨和小姨逼着，他不会娶的。这事我不止一次埋怨娘，后悔自己当初没回去。要是我在，弟弟不喜欢，绝对不会让他娶的。有时候气急，大声质问弟弟，当初为什么不给我打一个电话。弟弟脸红着说，咱娘不让。

我埋怨娘说，生怕自己的儿子找不到媳妇，继平一米八的个头，人长得也好，脑袋也聪明，到哪儿、到啥时候找不到媳妇？娘说，俺怕呗，当时，像你弟弟这般年龄的人都娶媳妇了。四边合适的闺女们都有了婆家，再迟了，恐怕打光棍儿。我长叹一声，什么也说不出来。看着弟弟，看看弟媳，再看看在院子里疯玩儿的小侄女，心里疼。

人也是有根的

　　十多岁时候，我懒惰得出了名，别人说起来，都知道我就是拖着屁股懒的那个半大小子，要是再不改，喝西北风都抢不到一个好地方。事实也是如此，想起自己的乡村年代，我下地干活的次数屈指可数。有一年初夏，不情愿地跟着父亲到了地里，坐在地边的石头上磨洋工。父亲一声不吭，蹲在正在成熟的玉米地薅草。太阳大得像碾盘，直罡罡地压头顶。我看着父亲汗水濡湿的后背，忽然觉得了惭愧，不由自主地站起身来，蹲在了父亲身边。

　　父亲看了看我，用手背抹了一把汗，咧嘴笑笑，说：当农民不会种地，以后连个媳妇儿都找不上。我说，我不想当农民，不想种地。父亲抬眼看了看我，又咧嘴笑笑，手指继续薅草。父亲又说：草多了就把庄稼的养分给抢了，人也是一样，想法多了，遇事往往会没了主意，到最后，还是自己吃亏。

　　我没有吭声，父亲也没有看我。低着头，一边薅草，一边蹲着向前挪。我也跟着汗流浃背。父亲说：你去歇着吧，这么点草，我一会儿就薅了了。我迟疑了一下，盯着父亲的脸看了一会儿，确信父亲是真的让我去歇着，才起身。可还没有走到地边，心里忽然就惭愧起来，回身看衣服湿成肌肉的父亲背影，我叹息一声，又回到了父亲身边。

　　再后来的暑假，跟着父亲下地干活，我似乎再也没偷过懒。和父亲并肩在田里刨地或者收割，他都会像自言自语地说一些话。我当时就是听，听过就忘了。现在想起来，父亲每句话似乎都包含了某种哲理。比如，他说：这块地今年种了玉米，下年就得种谷子或土豆了。我问为啥，父亲说：一块地老是种一样庄稼，养分就慢慢减淡了，长不好庄稼也打不了粮食。还说：庄稼全在根儿上，要是没施好肥，浇不够水，遇到大风，庄稼就很容易被吹倒，长不成好庄稼。

父亲还说:庄稼跟孩子一样,小时候没奶水,吃不饱肚子,就长不成大汉们儿。不论哪一种庄稼,都是泥土里面长出来的,石头上不能种地,磨盘上不能跑马,啥都是有根儿的。当时,我对父亲说的这些话似懂非懂,觉得他只是在讲他种地的经验心得,也没往心里去。直到2009年3月9日,父亲因胃癌逝去,数月间,锥心的疼痛以外,时不时想起父亲在世时的某些言语和情景。其中一些是相濡以沫的亲情及舐犊之情,还有一些,就是类似于上面他说过的那些不经意的话。

　　每一次想到,我都觉得震惊,父亲的话,其实就是一些普遍的生活经验,还有他对一些事物和事情的看法。比如,他说的"啥都是有根儿的"这句话,现在想起来,我忽然有一种洞然敞开的通晓感。我想,父亲一生侍弄的庄稼是以根为命的,没有了与泥土的联结,庄稼何以成为庄稼? 人也是一样,我们的根就是前面的那些人,是父亲、祖父、曾祖父,还有母亲、祖母和曾祖母……这其实就是一种流动的根系。

　　似乎也只能如此这般,一些人匍匐下去,一些人站起来,像年年萌发、成长和收割的庄稼,像枯荣的草木。世间的一切,都如此这般,从地下升起来,再从空中倒下去。一些长出来,一些烂进去。如此循环,如天道,如真理。父亲逝去后的很多时候,无论是吃饭,还是喝酒,到有意思的地方去转,抑或一家人坐在一起聊天,忽然想起父亲,我的心总是针刺一般疼。我想,此时此刻,父亲要在多好,我们可以像他们和他们、我们和我们一样,在地上移动着说话,做事。可惜的是,人也像某一季节的庄稼,一旦抽穗结果,它的使命就完成了,而且只有一次。

　　我还记得,每年初夏时节,玉米、麦子和谷子正在成长,每隔三五天,父亲总会扛着锄头,挨着给庄稼翻松根部的土,顺便铲掉杂草。在密密的青纱帐与风吹如浪的麦地里,锄头和泥土发出的响声沙沙的,嚓嚓的,在旁边的山崖及河沟里穿梭鸣响,从地边到地头,父亲来来回回,乐此不疲。

　　我知道,松土是为了庄稼更好、更深地把根扎进去,长得更高更结实。而父亲,对于我们的那些关爱与呵护,其实也是像给庄稼松土一样。因此,我觉得,父亲其实是我们的根。也或许,我的根早就扎了下去,遥远、密集、结实,且时刻传送着一种无形但却蓬勃的力量。那力量

是和泥土有着深刻关联的,也和周边的泥土、风、草木和流云,甚至日月星光须臾不离,手拉着手,心挨着心。

我爱的黄金是你们

妻子一直在疼，在深夜，凌晨和中午——众人午休的时候，她的疼显得格外清晰。我和岳母在一边——我不知道该怎样帮着妻子免除它。它太顽强了，在一个人的身体内。它的动作模糊不清，但带来的疼痛却令妻子无法安静。我只好在床边，抓紧她的手，让她咬、掐、撕破、出血。我听着她的喊叫和呻吟。而岳母的镇静让我愤怒，但又不敢吭声。她总是在说，没事的没事的，生孩子就这样，忍一忍就好了。

我知道，疼不是用来忍的，它是用来被消除的，我不愿意在疼痛中获取一些体验。我甚至拒绝针式注射，拒绝一些衣服的毛刺对我肉体的骚扰。而现在疼的，不是我，是妻子，她怀孕了，和我。她的身体内有了一个人，我看不清他的面目，但我已经隐隐感觉到了，他总有一天会来的，在我们，在他们，在这个人世上，像我一样活着、长大、尘土、油烟，伤口、鲜血，开心和疼痛。

一天，一天，又一天过去，在疼痛之中，时间的消失让我感到悠长和绝情。第三天，下午的时候，医生叫响了我的名字。我跟在她后面，进了房间。她递给我一张打印的文字，说，你看看，看清楚，想清楚，再签字。我站着，那张纸在手中是那样沉重，令我手指颤抖，那上面写满了我的恐惧。我的脑海霎时空白，好像发晕。我抬头，看了她的眼睛，说，我得回病房一下，她说去吧，和你媳妇商量一下。

妻子照旧躺着，疼痛使她的面孔有了皱纹，嘴唇裂开了口子，还有清晰的血迹。我走过去，坐下来，把纸递给她。她看了，也好像没看，就递到了我的胸前，说，签吧。我看着她的眼睛，说不签。她拉过我的手，眼睛看着我，咬牙点头说：签吧。我摇摇头，说不签。她又攥紧了我的手掌，说签吧，我和孩子一定没事的，你放心。我再摇摇头。坐在一边凳子上的岳母起身，拿过那张纸，看了看，说，签吧，这能有什么事儿！一股

火焰从我内心腾冲而起。我转脸，碰上她皱纹的愠色的脸，以及她看我的目光。我缓慢收敛，轻声说，万一呢？她站起身来，大着嗓门说，哪儿来的万一！我不语，我看了看妻子，她也看着我，再次攥紧我的手掌，又使劲地点了点头。

我签字了，我熟稔的名字竟然生疏起来，我找不到它们的肢体，我停了又停，好像过了很长时间，才写完"杨献平"三个字。墨迹没干，我就起身回到了病房。妻子和岳母问我签了没有，我没有说话。走到妻子的床前，她的面孔骤然新鲜起来，像平生第一次见到那样，怀孕所致的斑点，方方的脸蛋和细细的眉毛。她的嘴唇也清新了许多，她的手指细长，长长的指甲可以嵌入我的心脏。

我坐下来，一直看着，抓着她的手掌，轻轻摩掌。内心涌起来一些令自己无法抑止的暗潮，汹涌、激荡地拍打着我的胸腔。护士敲门进来，大声叫着妻子的名字，随后进来的推车，白色的被褥让我感到压抑和害怕。我扶妻子下床来，又躺倒在推车上。出门了，我推着她，她的脸就在我的胸前，我推着，向前走。走廊太短了，医生值班室、护士站、消毒室、病房，好像一些轻薄的纸张一样，从我眼前滑过，晃动。我看着妻子，她也看着我。我的眼泪掉下去，打在她的额头上，她抬手要帮我擦掉。我躲开了——我不知道自己为什么要躲开。妻子冲我笑笑，张开的嘴巴里面舌头红润，牙齿整齐而洁白。而我却笑不出来——有一个巨大的东西，它覆盖和垄断了我的内心。

手术室到了，一道大门，上面是玻璃，下面是木板，浅黄色。它好像常年那么开关着——被人推开，又被惯性唤回。护士叫我走开，她接过了推把。我没有松开，紧攥的手掌凝结在那里，护士又大声说了一声。妻子拍拍我的手臂，说，没事的，你等着，我很快就出来了。推车一点点远去，在大门之内，在长长的走廊上，钢轮摩擦瓷砖的声音单调得近乎阴森。我的眼睛贴在玻璃上看着——护士摇曳的白色衣衫，拱着脖子回头看我的妻子，天蓝色的围墙上没有灰尘。另一道门开了，推车停顿，右转。一点点进去。看不见了，我还是要看。接着，传来的是另一扇门闭合碰撞的声音。

医院太大了，那么热烈的太阳，也没有把它烤热。在门外，在红色

的铁皮凳子上，我坐下来，又站起来。岳母一直坐着，一直在说，没事没事的，一会儿就出来了。我没有听见，我反复起身、走动、张望、坐下。我的身体发凉，胳膊和脖子上泛起了细小的疙瘩，我双臂抱紧，系上衬衣的所有纽扣——还是冷，那种冷好像出自心底，就像在我的身体内放置了一块不会融化的寒冰。氤氲的冷不绝如缕，一点一点上升，浸透了我的皮肤和血肉。

我不停地看着手机——时间缓慢、悠闲得有些病态，好像睡着了一样，骨头松懈。我在大门外来来回回走，我的皮鞋在水泥地上敲出响声。有人上楼下楼，有人经过有人进去，但不见人出来。我反复使劲盯着把妻子挡住的门，它在走廊的尽头，像是一个居高临下的君王，或者一个坐禅的僧人。我没有它们的耐心，我需要尽快看到我的妻子，看到从妻子身体中走出来的那个人。

终于有人出来了——一个漂亮的女护士，她出来了，从手术室，像一只白色的蝴蝶，轻轻地飘出来了。她怀中抱着一个婴儿，由远而近，她的浅跟皮鞋敲打着地面好像是木棒敲打骨头。我想推门进去，可又想起护士和医生的叮嘱。我只好把脸再次贴在大门的玻璃上，看着她迈着轻巧的步子一点一点地向我走过来。岳母也贴近大门，说，孩子出来了。她的语声有些颤抖，我知道她高兴。

我也看见了他，和他妈妈一个模样，令我惊奇的是，他居然睁着眼睛，两颗黑色的眼珠慢慢转着，他一定看到了我，看到了他的姥姥，看到了陌生的墙壁、行人和妇产科明明暗暗的长走廊。

岳母想抱住他，护士说不可以。她有些怅然，呆呆地站立了一会儿，转身对我们，我们去看看孩子好吧。我说妈你去吧，我等她。又一个护士出来了。她告诉我，就快出来了。我的心落了下来，但瞬间又提起——见到了那才是真的，在生命上，我不愿意猜测和道听途说。我承认我有一种与生俱来的不幸猜想症。那些躲在身体和生命四周的黑色面孔，我害怕它们。

好像又过了很久，钢轮摩擦地板的声音响起来了，推车载着妻子。我冲过去，把大门甩得爆响。妻子面色苍白。她看到我，咧嘴冲我笑笑，然后又闭上了眼睛。我再次接过来，推着她，看着她好像睡了一样的脸

庞。亦步亦趋的护士高举着瓶装药液，一只白色的塑料管线，在一根空心针的带领下，以点滴的形式，进入妻子的身体。

妻子的身体赤裸，隆起的肚腹瘦了下来，白色的小腹上覆着一层棉纱，四周未干的血迹、过分苍白的肌肤——我知道，这就是他——我们儿子出生，来到人世的地方。那肉体、生命和信仰的缺口，一个生命从那里跳跃而出。他当然体会不到疼痛。我和妻子也不需要他来共同体验——也不要他疼。我们抬起妻子，她的身子轻了好多，但不能弯曲。我托着她的臀腰部，由两个护士主导，把妻子平稳放在床上。岳母早就关闭了空调，她说，生产后的女人是不可以见风的，我母亲打电话也说，还要我给她准备一套棉衣。

妻子睁开眼睛，看着我的脸，我把她的手掌放在大腿上，看着她因失血而苍白的脸。她笑了笑，颤声说了一句什么，我听不清。我把耳朵贴近她的嘴巴。我听见她用喉咙在说，给老家的妈打个电话吧。我嗯了一声，没动。岳母也说去打一个电话吧。我迟疑了一下，又低头看了看妻子。

阳台上尽是阳光，尽管傍晚了，它的火焰仍旧灼热，我感觉到了脚底的灼烫。我对母亲说，生了，剖腹，大人和孩子都平安，男孩。母亲在电话里舒了一口气，说那就好。又交代了一番注意事项，挂断电话。整个房间好像一个巨大的蒸锅，热烈的空气在我们身上跳动。妻子睡了之后，我走进婴儿护理室——他一个人，在小小的木床上躺着，我走近，他睁开眼睛，一直看着我。他的脸蛋、眼睛、眉毛，都是妻子的。嘴巴和脑袋像我——岳母也这样说。我就在他身边站着，看着这一个刚刚谋面但早已熟稔的人。他对我好像也不生疏——他还在妻子肚腹里的时候，每次回来，我总要把耳朵贴在妻子隆起的肚腹上听他在里面的动静——肢体、心脏的活动，搅动羊水，声音沉闷而清脆。我隔着一层皮肉一次次叫响他的名字。给他听音乐，说一些故事，朗诵诗歌。他好像听到了。有时候他闹，我打开音乐，他就安静了，我知道他一定在听，也一定听懂了。

而现在他出现在我们眼前——我们是熟悉的，那是一种天性的因循和传递。他哭的时候，嗅到妻子的体味就会停止下来。而妻子，刀口长长，裂缝深深，她甚至不能够吃东西，只是水和药液，间隔小便——我接在便盆里，再倒掉。看着她疼，咬破了自己的舌头和口腔。而他也开始活跃起来，哭，吃，拉撒。妻子挣扎着要抱儿子，我不让，岳母端着，他的嘴巴找到了母亲的乳房，他吃着，小小的嘴巴喓喓有声。

这时候，只有到凌晨的时候，气温才有所下降。第三天的时候，妻子的刀口有所愈合，医生说可以出院了。我说那我们就回家吧，妻子点点头，嗯了一声说，带上咱们的儿子。我笑了笑——我笑得有些勉强和不自然。我知道，一个人来了，虽然早就在我们的生命和生活当中了，可他是真切的、隆重的。尽管如此，我还是有些猝不及防。一个人，一个生命，他来到，他成长，他向前——大致的过程多么简略呀，其中的过程和细节我怎么也不会明了。

回去的路上，岳母抱着他，妻子在后排捂着小腹坐着，我在前面，车子很慢，没开空调。沙漠上的气浪像是伏地的云雾，在空寂的正午戈壁水泥路上，缓慢行驶。回家第七天的早上，岳母出去买菜了，妻子搂着我的脖子说："我进手术室的时候，你为什么哭？"我说："我不知道。""在儿子和我之间，你要谁？"我说："两个都要！""只有一个呢？"我想了想说："要你！"

我说出的时候，儿子在妻子身边睡着，他表情沉静，完全没有听到我的回答。我看着他酷似妻子的脸，听见他均匀的呼吸，我不知道将来他知道后会怎样想。也许，等他的后代出生的时候，他的妻子也会这样问他。他怎么回答，我不想知道，也不必知道。再几天之后，我一个人去了儿子出生的医院，向医生和护士再次表示感谢，并拿回了他们医院开具的出生医学证明和给单位的通知书。

出生医学证明

新生儿姓名:杨锐(巴特尔 Bateson),性别:男

出生日期:2002 年 6 月××日××时××分

出生孕周:39+3 周

出生地:甘肃兰州市××场区

这世上最疼我的人

健康状况:良好。体重:4.2千克。身长:50公分

母亲姓名:章×××,国籍:中华人民共和国。民族:汉。身份证号:
(略)

父亲姓名:杨献平,国籍:中华人民共和国。民族:汉。身份证号:
(略)

出生地点:中国酒泉卫星发射中心医院

医院出生证号:(略)

××××医院(盖章)

2002年6月20日

××××医院通知书

致××××××:

你单位章××于2002年6月1日11时入院至2002年6月
10日出院,住院计10天。

最后诊断1.初产头浮(妊娠39+3周1/0 ROP,于2002年6
月××日××时××分行剖宫产娩一男婴,重4200g,评9分;2.巨
大儿。

出院(转院)时病员状况:母婴健康出院。需休假天数及其他建议:
1.按规定休产假;2.产后2月禁房事;3.产后42天门诊复诊;4.不
适随诊。

经治医师:签名(医院盖章)

2002年6月20日

妻子刀口基本愈合的时候,我们的儿子也长大了许多,身子变硬,

82

尽管脖颈还不足以支撑头颅自由转动,这对我们来说,就是一个进步。到这时,我才想起,我竟然没有给妻子和儿子照过一张相——我甚至觉得,应当把妻子做剖腹产手术时的实况录下来——留给儿子看吧。等他成年了,或者有了自己的爱人之后,他们一起看。我拿了相机,妻子抱着儿子,在小区的大门外的马路上,衬着葱绿的杨树和整齐的楼房,他们就永远留在了那个时间里。连同那些静态的建筑和树木,地上的黄沙、水泥和行人。

我要上班了,走出家门的时候,突然感觉到了离开的生硬——他的便溺不见了,身上的奶香被土尘替代。妻子仍旧不能够自由伸展和行动的身子逐渐模糊。周末回到家里,妻子格外热情,她早早打了电话,问我几点钟回来。我还没有进门,就嗅到了饭菜的香味,在整个楼道里,给我隆重的迎接。公文包还没有放下,妻子就过来抱住了我的腰。儿子在床上睁着眼睛,或者努力练习翻身,他吭哧吭哧的声音细小但清晰。

我得承认,在儿子满月之前,在内心,我仍旧没有真的把他看作是我和妻子之外的又一个家庭成员。对他,总有一种外来者的感觉。那时候,他有时候哭,哭得没完没了,我越哄他,他越是起劲。只有他妈妈的奶汁可以阻止。他含噆妻子奶头的嘴巴很可爱,但吃的时候手脚不安静,一只手总是挥舞着,在空中找一些什么似的。三个月之后,他变得白皙、俊秀和丰盈,整个身体像一团新鲜的棉花,我喜欢含住他的小手,很香,有妻子的奶味。

在此之前,我竟然没有主动亲他一下。妻子的奶水充足,有时候他吃不完,挤在碗里,要我喝。我尝尝,很好喝,但没喝,放了一会儿,只好倒掉。8个月,他会爬了,在床上,在地毯上,撅着浑圆的小屁股,两个膝盖着地,像个皮球一样快速跑动。10个月,我们要给他断了母乳,妻子怕他哭,也不敢见到他撕人肝肠的哭,犹豫了一周左右,我把他抱到了姥姥家。岳母说,孩子到天黑的时候最想妈妈,怕他哭。我抱着他,给他喂牛奶,他居然喝了,而且没有哭一声出来。到他一岁整,他就可以站起来,自己走路了。令我高兴的是,他走了没有3米长,就自己跑起来了。虽然会跌倒,会因为疼痛而哭,但不要紧,他会走路了,有时候散步,他比我和妻子跑得还快。

他喜欢各种车辆、篮球、音乐、图书,这些令我高兴。妻子多次问我:儿子大了,你希望他从事什么职业呢?我说我不知道——他的未来还在未来,我们看不到。他能够含糊说出妈妈的时候,妻子教他喊我爸爸,他不叫,一直不叫。我想我那些心思他是不是知道了?这使我忐忑、惭愧,有时候拿别的原因来欺骗自己,我对妻子说,他不叫我爸爸,那肯定有他自己的想法。直到1岁3个月时,他叫了我爸爸。我显然会受宠若惊,抱着他在地上转了10圈,自己头晕了,而他不晕,我停下,他啊啊着要我再转。

儿子是喧闹的——男孩大都这样。他有充沛的体力,只要睁开眼睛,他总是在动,在发出声音。一岁半,他俨然一个三岁小孩的身体了,喝奶的时候总是要抓住妻子的袖口,或者胸口。吃饭用手抓菜,米饭不要我和妻子喂,自己用左手拿着勺子吃。我周末回来,他扑上来叫爸爸——不是一声,而是连串的,一声比一声高,辽阔洪亮,尾音拖得很长。我和儿子一起的时候,就是抱着他转,他喜欢被我倒提着走,或在床上静止,他啊啊笑着,尤其开心。他喜欢坐在我的身上,有时候故意把光光的屁股搁在我脸上。我抱着他睡觉,快要睡了,他一声一声叫着爸爸。我出差,他指着墙上我和妻子的结婚照叫爸爸。有别人来了,我的微机、书籍、茶杯、衣服不让人动,甚至他母亲动了我的东西,他都会喊:爸爸的爸爸的。

我知道,每年秋天的时候他会有一次大的感冒,持续一周以上,总要住院才会痊愈。周末的时候,他会坐在我腿上,让我放音乐给他听,他喜欢古筝、小夜曲和管弦乐。好动的他似乎只有这时候才是最安静的,虽然会睡着,但他喜欢,这是一件美好的事情。再过半个月,就是他两岁的生日了。两岁,多么新鲜的孩子,我有时候想,我自己要是自己的孩子多好呀。可是我看到自己的尿液是浑浊的,而他的却如同清水一样;我看到自己身子上有了不少的皱纹,皮肤黝黑,而他的却绵软、白嫩、蓬松和舒展;躺在床上,我会做点什么,辗转反侧想事情,而他睡就是真的睡着了,只有梦呓、笑声和哭声……在此刻,他已经睡了好久,和他妈妈一起。而我在微机面前,说着关于他们母子的一些事情。

他们是安静的,我却是活动的,在安静的凌晨,我不知道自己到底要说些什么。我想我走进卧室的时候,一定会看见他们的睡眠、半掩半露的身体、均匀的呼吸、翻身的梦呓——我不知道他们梦见或者没有梦见什么,我只是想说:妻子和儿子,两个贴近我的生命,现实中可以让我触摸和亲近的人——我一无所有,我爱的黄金是你们!

往事的深度

　　讲故事的那个人不在了，厚厚的黄土掩埋了他，还有另外一个人——距今已经七年了。因为埋在庄稼地里，他们的坟头上几乎没有荒草，风中的尘土和花粉吹来吹去，有那么多的庄稼、总也铲除不尽的茅草，以及天空中飞翔的鸟雀、蝴蝶和蜻蜓，想来他们也不怎么寂寞——但有点浪费，自从他们埋在这里之后，这块地就换给了我们，地板薄，一镢头下去，就是石头了，又比实际面积小了好多。

　　我所说的浪费，对地下的爷爷奶奶而言，是个标准的不敬和忤逆。但事实如此，对于死者，对后人最好的爱绝对不是将自己安放在某个地方，年年时时享用他们的悼念——最好的方式就是消失，一丝不剩，油灯一样，灰烬一样，风吹即灭。而一个地域和人群的风俗是强大的，根深蒂固，久撼不动，几乎没有人可以逆转。距离不远的武安市城乡早就实行了火葬制度，但总有一些老人不愿意尸骨成灰，害得后辈趁夜将他们的尸骨拉到很深的山里，或者偷偷拉到我们沙河的地界上，挖坑埋葬。

　　但沙河没有人愿意接受，发现之后，便通知逝者家属，"勒令"其尽快将先人尸骨掘走，不然，有愣头愣脑的，非给挖出来暴尸荒野不可。对此，我感到庆幸，爷爷奶奶死后，安然、幽闲甚至阔绰地躺在自己的麦地里（在我看来，比壁垒森严、貌似高贵的公墓还好）——省得来回搬迁，遭受惊扰，又使父母省心不少。帕斯卡尔说："我们永远都不能用同一种方式来判断同样的事物。"我忽然明白：人矛盾最深的根源在于功利，利我排他，自己与自己的战争，又何尝不是同类与同类之间的战争呢？

　　对于爷爷奶奶（即使火葬，灰飞烟灭），我是怀念的，只要我还在，就会怀念不止，父亲和母亲也是的——两个人，毕竟存在过，毕竟在一

个屋檐下磕磕碰碰,你来我往——记忆来源于生命、精神和肉体的经验。其实,对于逝者本身而言,遗忘的担忧是多余的。爷爷是一个粗通文墨的农民,直到我十三岁时,他还能将"毛主席语录"和"列宁文集"的部分章节倒背如流。他还是一个讲故事的能手,我十二岁之前,几乎每个晚上,都躺在他的左边,让他讲故事,虽然都是一些神鬼妖怪和僵尸之类的,但也让我听得津津有味,紧张处,连大气不敢出一口,身体发抖,抓住爷爷的被角或者手指,心里才有了一点胆量。

应当说,那些故事是我在乡村,尤其是幼年时代的精神盛宴。那时候的乡村生活异常枯燥,除了偶尔来个说书的、看电影和装模作样看戏,就是连绵无际的农活和功课了,当然,同伴之间的打闹、火拼和相互拆台也是少不了的。记得爷爷给我讲了这样的一个故事:一个木匠,趁夜赶路,路过一片杨树林时,遇到一个全身缟素的女子。遂同行,住店时,店主送给他一个小盒子,说睡觉时一定把它放在枕边。木匠懵懂,但依言而行。半夜,狂风四起,飞沙走石,声破屋瓦。一条巨蛇破窗而入,血盆大口正要吞噬木匠的时候,他枕边小盒子突然打开,一道亮光之后,一个金色的精灵突然跃起,直扑巨蛇头脑,不消一刻钟,巨蛇立毙。

这个故事,伙同一个叫做《王恩沈衣》(就是《忘恩负义》的谐音和故事原版)的故事,一直伴随着我。中学时候,我还将后一个写成了故事,博得了老师和同学们的夸奖。从那时开始,老觉得故事中的那个小盒子特别神秘,一次次追问爷爷:那道亮光到底是什么?爷爷说,里面装了一只特殊的蜈蚣——蛇妖或者蛇的克星。对此,我有些茫然,也有些兴奋,不由得对蜈蚣产生了敬意。而不论在西方还是东方,蛇是人类的一种性暗示或者象征,有时候奇怪地想:那蜈蚣又是什么呢?是不是扮演了隔断牛郎织女的王母娘娘、上帝或者禁欲主义者的角色,还是另有其他隐喻?

有一次看《巴黎圣母院》,卡西莫多静静地躺在已经死去多时的爱丝米拉达身边,隐隐觉得,这也是有意味的。除了雨果的,还应当有另外一种,譬如身体在爱情之中的某种必然性,以及生同衾死同穴的某种价值观念。而当时,我是不理解的:故事仅仅是故事,由此及彼的联想往往和日常生活乃至黑夜中的某些事物和动静结合起来，而没有上升到更为广阔的层面和哲理的高度。

爷爷四十岁时双目失明。身材高大、相貌堂堂的爷爷，一个大男人，几乎在一瞬间丧失了光明，内心的苦疼是显而易见的。可以肯定：他绝对没有想到海伦·凯勒，更不会因此奋发，做出什么伟大的事情来，贡献给整个家庭或人类，他只是默默承受，用黑暗的眼睛穿梭在时光之中，也用拐杖的敲敲打打日复一日地重复着乡村的岁月。慢慢地，爷爷竟然学会了做饭。奶奶颠着小脚下地干活。约摸时间差不多了，爷爷就抱了柴火、点火、洗锅、淘米、做饭（只是不会蒸馒头、烙饼之类的高难度活计）。当然，眼盲会带来诸多不便，但是，爷爷的盲多次给我带来机会：可以无视他的存在，偷吃奶奶家的糖和饼干，还有其他一些好吃的东西。

我不知道这是不是一种欺负——不道德的行为，公然的偷窃在一个盲者面前发生，至今我觉得羞愧，也始终是个污点。更为不好的是：直到爷爷奶奶死，我都没有对他们说实话。那时候，只要奶奶不在，我进出他们家简直如入无人之境，随意妄为。奥地利经济学派主要代表人物米塞斯说："理智的行为和非理智的行为区别在于：前者只牺牲暂时利益，但是这个暂时利益是表面上的牺牲，因为这些牺牲可以通过后来的成功得到补偿。"把这句话拿来的意思是：尽管爷爷奶奶在那个时候损失了一些东西，直到离开人世都没有知晓，但他们不仅在生前已经得到补偿，而且还在死后，让我觉得了歉疚甚至悔罪。

这就是代价了，或者说，这些就是罪过留给个体生命的负担。爷爷眼盲的最大意义就在于此了，对我而言，是这样的，但对于他本人而言，中年的残疾带来的仅仅是少了出入田地的风吹日晒和干渴劳累。对此，我想爷爷一定这样想过，但对谁也没有说出。他去世的时候，是1990年冬天的一个正午。整个上午，他还和奶奶，还有我和表弟在一起用笨重的铡刀切玉米秸秆。午休时，我回到了自己家，奶奶去了姑妈家，大约两个小时，再返身回来，他已经没有气息了。

令我觉得残酷的是：爷爷的死太仓促了，无意识，无征兆，不合常理，难以叫我（当然，父亲和姑妈比我更为难过）接受。但我没哭，看着

他安静地躺在那里,面庞依旧红润,三天不失色,我没有感到特别的悲伤,从始至终一滴眼泪都没掉。我不知道为什么,但绝对不是对爷爷没有感情。这个问题很多年来我一直在想——唯一合适的解释是:那时候还小,对死亡有着一种本能的疏远和无意识的隔膜,尽管逝者是自己的亲人。

奶奶是个小脚女人——关于她的小脚,我仅仅见过一次,她的脚就像长不大的玉米穗子,又像是一个短粗的木楔子,上面的白色老茧一层一层,再加上一层一层的白色裹脚布——奶奶解的时候,我躲开了,忽然想起毛泽东批八股文的那句话:"就像懒婆娘的裹脚布,又臭又长。"但奶奶的身体很结实,在她那辈妇女当中,也算是数一数二的了,地里活计差不多都能干。但奶奶有一个同村其他妇女没有的优点:很会使用人,绝对做到人尽其才。典型的例子是:我和同岁的表弟长到十岁,奶奶就抓住了这个天然资源,每个周末和假期,都把我们安放在他们家里,做我们最爱吃的,盖家里最好的被褥,我们要做的是:不停地为她做农活,上山打柴、挑粪、切干草和挑水沤粪。

如果牵强一些说,奶奶在无意识中掌握了克鲁泡特金的互助法则,"互助是我们道德观念的真正基础"。这看起来是一个普遍的方式,尽管没有形成自己的理论,但它已经是哲学生活化的典型案例了。但就我个人而言,小时候,奶奶给我的印象不好,甚至糟糕。大概有两点:一是她和爷爷十分偏向表弟和姑妈一家,我不能为她做农活之前,见到我脸就扭到一边,看一眼都觉得让我占了便宜。即使我能为她干活了,虽然不怎么明着袒护表弟,但背地里一直给表弟更好的东西;二是对爷爷有些悖逆,这里面的内容包括很多,至今,似乎只有她和我们村的某些人知道了,相信再过十年,除了我和我的父母兄弟外,就再也不会有人记得了。

奶奶有四个弟弟,还有一个妹妹,其中两个兄弟在距离我们村五华里的石盆村,另外两个兄弟和一个妹妹在山西左权县一个镇子里。四个弟兄当中,老大、老二儿孙满堂,老三、老四却孑然一身,姥姨也一生没有生养,后来要了一个干儿子,抚养大后并不孝顺。我十一岁那年寒假,奶奶带着我去山西姥舅、姥姨家。虽然只是隔了一道山岭,但山

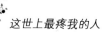

西的气温要比河北低 10 摄氏度左右，北风呼啸，连绵的大雪纷纷扬扬，曲折的道路和突兀的高山银装素裹，看起来像是神仙梦境。那一次去，我感冒了，躺在火热的炕上，感觉像是一条热锅上的鱼。有一天，我睁开眼睛，看到一张俊美的脸孔，水汪汪的大眼睛、粉白的皮肤，她一直趴在我的身边，目不转睛看着我。在那个瞬间，我的身体和内心猛然一阵翻动，像是潮水一样，猛烈、迅速。

没有比这样的情景更动人了，让我至今觉得心疼和快乐。还有一个情况，我不知道该说还是不该，或许是对逝者的不敬——有一天上午，阳光照在高大而荒芜的山岭上，我从姥舅家跑到姥姨家，莽撞推门，却看到姥姨夫正在帮因患脑血栓而身体不便、小解后的姥姨提裤子——我看到了，那个最隐秘的地方，平生第一次，瞬间有一种说不清的感觉，来自心里，而不是感官。我不知如何是好，怔了一会儿，姥姨和姥姨夫也看到了我——他们笑笑，我转身走出了姥姨的院子，站在空空的乡村街道上，看着冬天的阳光，稀黄、微弱，在远山近岭上荡漾。

但另外一件事情却让我感到伤心：可能是受奶奶的感染，两个姥舅也都偏向表弟和表弟家——有些时候，个体话语霸权与公共话语钳制有着同样强大的威力。哈贝马斯说："如果不想用妥协或者暴力来解决冲突，那就得首先要尝试进入话语状态，并在世俗的基础上建立起一种伦理观念。"而对于我和我们家来说，因为奶奶不喜欢或者说与母亲不睦，作为直系亲戚，这种话语权利当然就沦落为奶奶一人至上了。也还是那一次，我病得昏昏沉沉，朦胧中，听到三姥舅嘟囔了一句厌倦我的话。当时，我突然觉得了空旷和冷，眼泪流下来，想哭，但又不能，只好迅速把脑袋塞进被窝。

奶奶是个粗糙的人，听话如风过耳，不留痕迹，从不深思，母亲说像是一根炮仗，一点就着。奶奶最大的喜好是听别人说她的好话——不管是好意还是歹意，假意还是真心，只要说好，就把自己的心里话、家务事、连同个人隐私一股脑掏出来。为此，奶奶活得很轻松，也很滋润，到七十岁，牙齿和身体还比青年人结实很多。中午吃饭时候，有人路过，总是可以听到她坐在院子里嚼食结成硬块馒头的咯吧声。爷爷死后，有一次，奶奶下地，家里被盗，虽没有丢什么特别值钱的东西，但也十分恼火,她站在院子里就骂,骂得天翻地覆,不可一世,连贼者的祖宗十八代,包括夭折的孩子都包括上了。事实上,据邻居说,就是村里另外一个妇女干的,但奶奶坚决不相信,梗着脖子犟。事隔一个多月,奶奶丢了的东西在那个妇女家里出现,奶奶还是不信,照样和那个妇女过从甚密,做了好吃的饭菜和东西,还不忘给她家端一碗和送一些过去。

我读中学时候,忽然暗恋起同班的一位曹姓同学,后来才知道她是奶奶堂兄的孙女。但暗恋还没有进行一半,消息却像风一样传遍了远近十几个村庄,一时之间,风生水起,四处飘扬。有一天放学回来,奶奶专门找我,训导我不要招惹她娘家的闺女。我没有想到:简单的暗恋竟然满城风雨,连爷爷奶奶都惊动了。乡村的爱情,或者说乡村的暗恋,真的就像一面挂在老槐树上的钟,怎么敲怎么响,有动静,但没有滋味。赫拉克立特说:"我们对于神圣的事情大都不理解,因为我们不相信它。"我敢说,在那个年代的乡村:我的奶奶乃至更多的奶奶和同龄人,他们不相信的神圣事情肯定还有很多。

与爷爷不同的是:奶奶早就预知了死亡。一九九八年春天,我回家,奶奶说她总是吃不下饭,吃一口吐一口,饿得难受,但不能吃。我对母亲说后,同表弟和姑夫,带奶奶到医院检查——癌症晚期,无药可救了。站在医院大门前的台阶上,看着满头白发,身体敦实的奶奶——有一阵风吹过来,卷着尘土和早春的树芽气息,打落了我的眼泪。这时候,我二十四岁,亲眼经历了几桩死亡,不免心中戚戚,看着一个人行将离开,惆怅和哀伤当是必然的。中世纪的基督教哲学和伦理学家圣·奥古斯丁说:"一切自然物,必定都是善的,因为只要它们有了存在,便有了他们自己的一个品级和种别,更有了一种内在的谐和。"

我相信奶奶乃至更多的人,于世于人都是独立的,也是善的,拥有一种内在的和谐,包括身体的和心灵的,甚至灵魂的。但我无法阻止一个生命的自然朽败和消亡——这也是残酷的。而奶奶没有想到的是:她一直看不起,甚至不喜欢的我的老实巴交的父亲,她唯一的儿子,在她人生最后的时光里,竟然比任何人都好,都孝顺。从她卧床不起的那天起,父亲寸步不离,白昼夜晚,始终守着自己的母亲。我的母亲后来告诉我:父亲几乎天天为奶奶洗澡、梳头,喂水喂饭和端送便溺更是本分。听了后,我感动了,我从来没有想到,平时从不多说一句话、闷头闷脑有点儿傻的父亲,竟然如此孝顺和热爱自己的母亲。每每想到这里:我的脑海里总是晃动着父亲为奶奶洗澡、梳头、喂饭的情景——花白的头发,结着泥垢的梳子,骨头和干在上面的皮肤……父亲的手是怎样滑过的呢?

不到一个月的时间,重七十公斤的奶奶便瘦成了一把骨头,叫人心疼。但奶奶信心坚定,生的欲望一直很强烈,直到死的前几天,仍相信自己的病一定会好起来,还要等着我娶媳妇,抱重孙子。我笑笑,坐在她的面前,忽然感觉到了一种可怕的东西——就像一把利刃,缓慢地,在身体上来回切割。奶奶去世的那天中午,我正在返回西北的路上——行前,医生说,奶奶至少还能活半年,可没想到,我还没有到达目的地,她就走了。后来回去,母亲对我说:奶奶死的第二天,在麦场上搭了灵棚,晚上突降大雨,仅有父亲和弟弟为她守灵,水都淹没了父亲和弟弟的膝盖——他们就在连绵大雨和大水之中,守着奶奶的尸骨和亡灵。

每次想到这里,我想哭,对于奶奶,我是有愧的——我答应过她,她离开人世的时候我一定在身边,可是我没有……还有早年,偷吃了她那么多好吃的东西……但对于父亲和弟弟,大雨之夜守灵和送行,我始终觉得那是一种高贵的美德。朋霍费尔说:"历史的内在的正义仅仅褒贬人们的行为,而上帝永恒的正义则试练和裁判人们的心灵。"(《狱中书信》)2003年冬天,我再次回到远在冀南的村庄。春节快到了,我叫了弟弟,一起去给爷爷奶奶上坟。两个人,跪在长着冬麦的田地里,面对两块墓碑,忍不住涕泣出声,看着黄裱纸和纸钱在火焰中慢慢成为灰烬,黑色的碎片蝴蝶一样飞远,我突然感到一阵恐惧——真害怕会有一双手从地下伸出来——仓皇离开。走出好远,再回头观望的时候,合二为一的孤独坟茔依然孑立。还没有灭尽的火焰,像是爷爷在世时的旱烟锅,有一些隐约的光亮,在渐次隆起的冬日黄昏,明明灭灭。

父亲考

2009年和2010年,我个人仍旧是悲伤的。当然,作为一个人,悲伤的理由很多,如大方面的纷纭与离奇,有一些比虚构的故事更能吸引人或者触动人。但作为平民或者说一个具体的"个人",更为清晰深刻的是父亲的逝去——好端端一个人,转眼间,一下子就从我们生活中没有了,从村庄被我们搬迁到了五里外的荒地。他奋尽一生力气、心血和生命,像树一样栽在人世间的两个儿子,我和弟弟,在他逝去后,也远没有那些湿干不定的泥土、年年枯荣的茅草乃至偶尔的风、雨滴和雪花,还有阳光距离自己更近。

近两年来,每次想起,我就想大哭,不管旁边有没有其他人,会不会笑话我。吃饭或者做别的什么,看到父亲爱吃的食物,哪怕是香烟,还有一些与父亲生活有关的器物,如锄头、田地、烟锅儿、黄挎包、粗布棉袄之类的,脑子里就飞速想起他,接着是一种无可遏止的愤怒和悲痛。有几次,差点儿对着满桌的朋友大哭和喊叫起来;还有几次,对着妻儿恨不得把碗筷使劲砸在地上。

2009年"十一",和在这里的母亲、妻儿一起去一个朋友家吃饭,看着满桌子的酒肉菜肴,我忽然哭了,娘说:你这孩子,在人家家里咋能哭呢?我说,娘,我想俺爹,他现在还活着,多好!

这是一个家庭的损失和丧失,没有蒙受此难的人不会理解。作为贫民的父亲,其生死只与他的妻儿及知他爱他的人有关。

这似乎是一个更为宏大的悲哀。因为,平民从来都是可以忽略不计的,自生自灭如蒿草。

父亲逝时六十三岁,而这个年龄的大多数人,仍还保持着美好的生活甚至至高无上的快乐与幸福。每一想起父亲,我的胸腔里全是气,鼓胀得胸脯发疼。有几次做梦,梦见我和父亲一起去赶集,俩人坐在热

闹的路边,就着某种植物的花朵吃麻糖(南太行乡村对油条的称谓),或者在田地锄草,像孩子一样在地边撵捉蝴蝶,呵呵笑。还有几次,我梦见他和别人在地边吵架,别人拿木棍打了他的头,血都流出来了,他不还手,我看到了,抄起一把镰刀冲过去,不知怎么着,就把那人的头割了下来,……父亲拉着我跑,父子俩像是传说中的神行太保,穿山越岭,躲在一处山崖下,好久没动静了,父亲又说,恁爷爷奶奶早些年在这里躲过日本鬼子扫荡……等等。

醒来后,总是要努力回忆梦中的细节,还自己在脑子里试着阐释一下梦境的含义。然后是悲伤,那种销魂蚀骨的滋味,好像刀子、毒气一样,迫使我疼痛、晕厥。躺在睡不着的床上,和妻子说父亲的过去。她也认真听,也说,在我们家,她觉得她和我父亲最亲(还有大姨妈和母亲)!还对我说:咱娘和村里的一些人说咱爹老实,其实咱爹是个聪明人。

这是妻子的一种看法,暗合了爷爷奶奶当年的说法。而母亲,则一直肯定地说:恁爹就是个"傻东西",别人把他杀了卖肉还帮着人家数钱,简直傻得世界上少有。

爷爷说:恁爹十三岁就是壮劳力了。一个孩子顶一个大人干活。我推算了一下,父亲1946年生(具体生日好像是农历三月十四,当时无钟表,奶奶也没记住。接生的人是现在还活着的一位伯母)。他13岁时,正是大跃进和公社时期。田地收为公有,公社以下按区域分成大队,大队下面是生产队。社员们都要凭人口多少和劳力参加队里的劳动,以干活多少、轻重衡量计公分、分粮食。

爷爷还说:大炼钢铁那会儿,村里的人都被抽到50多里外的西郝庄炼钢铁。把麦地毁掉,修起了小钢炉。

爷爷说,那时候,家家户户连铁锅、铁盆、犁铧、镰刀和锄板都拆了、砸了,交给生产队,一块儿用马车送到公社,再由公社或者县里组织马车转运到炼钢工地。大致是1958年9月,村里的壮劳力都去炼钢铁了,只剩下娘儿们在家。爷爷带着父亲,坐着拉铁的马车到了西郝庄。到那儿一看,五月的麦子都没有收,麦粒都撒在地里了,有的长出了新的麦苗,有的霉成了黑色。有天晚上,一个在高炉上面负责"看"铁

水的闺女,大概是太困了,一个跟头掉进硫酸罐子,等人捞出来,就剩下几根白骨头了。

没过几天,一个领导对父亲说,你小,干不了重活,到高炉上"看"铁水吧。父亲头摇得跟拨浪鼓一样。领导问他为啥不去。父亲搓搓手,回答说:俺爹就俺这一个小子(儿子)!——南太行乡村人极重"香火",以"儿子"为毕生荣耀,谁要是没生儿子,会被人称为"绝户头",晚景大都凄凉。像父亲这样的"独子",自小就自觉地承担了爷爷奶奶教导和赋予的"你一定要好好活着,以后还得给俺俩养老送终"的使命。

村里人说,奶奶早年间生了几个孩子都夭折了,只保住了父亲和姑姑。

多年后,我出生并记事了,爷爷不止一次对我说,都说恁爹傻,你听这句话,恁爹到底傻不傻,你心里该明镜儿了吧!? 而在当时,我小,想了半天,也没从中觉得父亲怎么不傻。我长到七八岁,晚上一直和爷爷奶奶一起睡。每晚缠着爷爷讲故事,不讲不睡觉,胳肢他。开始他尽讲一些古灵精怪的。时间长了,没新的故事,又禁不住我缠,就把村里和自己以前经历的蹊跷事儿当故事讲。其中涉及父亲一些事情,大致是有意无意拿来证实父亲不傻的。

一是成立生产队时,父亲一直是捉犁把儿的(掌犁兼吆喝牲口,也算是一般人做不了的活儿);春秋犁地,父亲和村里少数几个捉犁把儿的大显能耐,不但挣的工分高,回到村里,也还可以第一个往大锅饭里"下筷子",理直气壮捞第一碗面条。二是父亲学会了赶马车。到了冬季,父亲就和小他一辈儿但年龄相仿的大堂侄子杨如新一起,赶着马车去公社粮站交公粮、送干草(好像是给军马吃的)和买农具,还去山西、河南等地拉种子和肥料。山西左权靠河北一带的村庄种植土豆多,高粱和谷子也多。河南那边是麦子和玉米种子,当然还有豆类。这样一来,父亲在队里不仅拿全工分,见"大世面",还可以到外面吃到家里所没有的"好吃头儿"。

父亲粗通木工,车辕、门窗、家具、小凳子乃至架子车之类的都能单独做下来。还会编荆篓子、篮子(即用山上的荆条编织各类农用和日用器具),当石匠和瓦匠也是一把好手,放羊也从来不"伤"羊(意即把

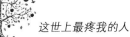

羊群看护得好,羊只不会因为疾病或兽害而无端损失)。——爷爷说,恁爹将这些手艺"笼络"在自己手上,不仅是个好人,还是个能人。

在父亲成长的乡村,正是新中国成立不久,运动不断的年代。作为偏僻乡村的一个农民,斗大字不识一个不要紧,只要掌握了"手艺"就可以很好地安身立命。奶奶说:恁爹就是俏(专指人聪明的意思),不管是生产队,还是后来包产到户,恁爹一个人,顶他们家里两三个(劳力)!

在乡村,独不缺的是基于个人的生存智慧——爷爷奶奶这番说辞,我小时候是忽略的,或者说,因为还没有尝到生活的艰辛和乡村事务和人际关系的难缠,就没细想,只是听听而已。许多年后的2009年3月15日,也就是父亲死后的第六天,妻子和弟媳去姑姑家,带回来两张照片。我一看,满心惊奇。这些照片我从没见过。

一张是父亲、姑姑、爷爷、奶奶和曾祖母的合影。父亲和姑姑站在曾祖母和爷爷奶奶背后,穿着一身黄军装,右胸口处别着一枚毛主席像章,头发整洁,眼神明亮,一脸英气和朝气。另一张是父亲的单人照,也是那身打扮,身杆笔直,嘴巴微张,侧身朝前看,有一种说不出的帅气和聪颖(父亲似乎也当过红卫兵,但他从来没说过。有一次和他年龄差不多的一个堂哥对我说,他很怀念当红卫兵那时候的时光)。

因为父亲刚过世,心情沉郁,看到这些照片,我又是欣喜,又是悲伤,忍不住放声大哭。我哭着喊道:俺爹不傻,俺爹是好爹!就着泪光端详的时候,我忽然明白,爷爷奶奶说父亲不傻是真的。在乡村这么多年,父亲经历的,父亲都知道,他把那些耻辱和悲伤压在了心底。就是没有像母亲那样说出来、喊出来而已。我也想:父亲的癌症一定是内心的忧愁和酸楚淤积太多太久的缘故。他受气,村里人欺负他老实,有时候捉弄他,欺负我和母亲,叫他心里难受。

确诊为癌症晚期前几天,母亲还唠叨他,催他拖着病体从鸡圈往山后坡地挑粪,父亲说:俺干不动了啊!母亲说,干不动也得干!要不然,那么多鸡粪就被雨水冲没了,要不就被别人家挑走了!这是母亲对父亲的残酷驱使,她总以为,人活着就应当干活,父亲作为男人,也应当不停地劳作,才能换来更好的生活。当然,他们劳作,纯粹是为了我

和弟弟的生活,给孩子们减轻负担。

天下的父母大致如此,至少在乡村依旧氛围浓厚。每一对父母都想着孩子们把时光过好,如母亲所说:"你都把时光过得风雨不透,俺和恁爹死了也能闭上眼。要是过得不如人,俺就是死了也还是心里头不甘!"——传统式的乡村经验及其人群恪守的,不是市场经济渗入后的物竞天择、靠能力吃饭,而是一贯地延续了以体力积攒物质财富、妄图一劳永逸的传统经济积累方式。

直到现在,母亲还是持这样的观点。我劝解母亲,"儿孙自有儿孙福,莫为儿孙作远忧",不要管我们的事儿,把自己身体照顾好,逍遥生活就可以了。可无论怎么说,她当面答应,转身就开始为弟弟的那些家务事、经济事奔忙起来(弟弟在乡村,属于那种没有能力或还有点孩子气的男人,虽然娶妻生子多年,但仍旧不会很好地"谋"生活)。

她以为这是她和父亲的一种担负,必须去做,不做就好像不配做父母一样。这种自觉的使命感带有鲜明的乡村传统道德评价系统赋予的驱使力。正因为如此,父亲自从娶了母亲,就开始了牛马一样的劳作生涯。我十几岁时,村里一个和父亲同龄的堂哥对我说:俺小方叔不傻,俺俩是光着屁股、尿尿和泥、上树掏鸟蛋、割柴放羊一起长大的。有一回,俺和恁爹到队里仓库偷白面,到后沟里用薄石板烙饼子吃。恁娘对恁爹不好,恁爹干的活重,恁娘把白面锁在柜子里,不给恁爹吃!恁爹饿得不行,就去恁奶奶家蹭饭,或者到关系好的人家去随便吃点啥糊弄肚子。

当时,我听这话心里就是烦和恨两种情绪,原因是,这位堂哥不是个善人,从我记事起,我们家似乎就总是吃他和他娘儿们(这里指媳妇儿)的亏。直到2004年,他们家盖房子,锯了我们家两三棵成梁的大杨树,连个话都不说。母亲问他,他还说,锯了你还能把我咋了?你再敢说一句,我把恁家的树全锯光!

这似乎就是母亲长时间责骂父亲"傻东西"的主要根据。对家务事、村里事,父亲从不言语,全由母亲。即使遭受了财产及尊严的损失,他也置之不理、忍气吞声。大约是1980年春天,第一次包产到户,生产队要把田地、荒坡、树木、羊只、牛、驴子之类的分到个人户头上。分完后，母亲说，也不知道人家给咱分的够不够，咱自己再去量量吧！父亲说：够不够就这回事了，都分了，不够也没有用！母亲生气，指着父亲的鼻子就骂：你这个厦包、没脑子的傻东西！咱量量不就心里有数了，多给、少给咱自己心里有个数，别让人欺负了还笑咱傻得不透气，以后更敢欺负咱了！

后来到大姨妈家，母亲哭着说，队里把俺糊弄了，说的是3亩9分地，俺和那傻东西量了量，不到3亩半，还都分的是赖地。大姨妈也跟着叹气说，小方就是个傻人，算了，别哭了，傻姊妹儿，这就是命，认了吧！

还有一件事，我五六岁时候，母亲总是哭，好多个晚上都被她的哭声惊醒了。有一天傍晚，我正在玩儿，忽听到村里一片喧哗，好像有母亲的声音。我绕过房侧的巷道，顺着声音到了自己猪圈，看到母亲和上面的一家吵起来了，骂得特别难听。他们家人多，三四个大闺女，还有她们娘。我吓得哭，往母亲怀里钻。其中一个（我记得清楚，是他们家的二闺女，我叫姐的），拿着饭碗就从上面房顶上朝母亲丢了过来。饭粒和筷子在途中洒落，而碗却朝着母亲飞来，冲着母亲的头。母亲头一侧，抬手挡，碗碎了，母亲的右手背上立马冒出了鲜血。我大声哭叫着，叫母亲回家。母亲抱起我来，也不管手背上不住涌流的血。回到家里，我看见父亲一个人坐在门槛上吃饭。

母亲哭着骂他说，你咋不管俺娘儿俩呢！还骂父亲是个傻东西，老婆孩子被人打死骂死也不放个屁！跟着你这号男人咋过时光……父亲还是没吭声，母亲还是连哭带骂。我也哭着，看着父亲。父亲就是不吭声，面无表情，继续吃饭，然后把碗放在门槛前面，一转身，就沿着巷道走了。后来我才知道，父亲去爷爷奶奶家了，坐了一会儿，就又下地去了。

这就是父亲！现在想起来，也觉得，父亲对妻儿的不负责，或者说不疼爱，是很傻的一种表现。我也常常想：要是我的妻子和儿子受到这类的欺负，我会腾身而起，不说要与对方把事情说个明白，若是过分得厉害，我肯定会诉诸暴力，哪怕两败俱伤也在所不惜。

可是父亲，我幼小年代，在乡村，他始终是这样一种态度，好像我

们是和他毫无干系的人。

大致是因为这些经历,在很长时间内,我和母亲在"同一战线",认为父亲傻,且傻得不透气,既没有"玩转"生活,驾驭乡村人事及庸常生活的能力,又对妻儿不关心,不在意。

也是在我七八岁时,父亲似乎还参加过修水库,那座水库以前叫石岭水库,夹在壁立千仞的两山之间,将上游的水尽数截流,以减轻下游的水患和水资源浪费问题。某年春天一个中午,父亲回来了,背着一个黄色挎包,鼓鼓囊囊。一进门,就把堂屋中央靠墙的柜子打开,掏出一些雷管和炸药,放进里层,又掏出一些香烟,也放进去。关上第一层,转身对我说,献平你可别鼓捣抽屉,那可是要命的。我问咋要命呀爹?父亲说:就跟《地道战》里边一样,一点着炮捻子,就轰地一声,把人炸上了天。

娘看到最后,说,你就知道鼓捣雷管炸药还有你的烟,也不给俺娘俩带点啥?真是个傻东西!那是我第一次听到,再后来,"傻东西"这句话就在母亲嘴里没断过。直到父亲死后,母亲还说:那就是个傻东西。啥事都推一推动一动,不推就不动,三棒子也打不出个屁来。家里的这些房子(老家的房子确实不少,又占了一个很好的地方),要不是俺别着(催促),这会儿哪儿有住的地方咪!

也确实是这样的情况。我十岁那年,暑假、寒假,甚至大年初一都要替父亲放羊(那时候,羊虽都分到个人,但村里人还是集中在一起放养,开始是一家一家轮着放,后来,承包给我家。和父亲一般年龄的人大都做生意或者外出包工,父亲头脑不够活泛,更重要的是不会说话),父亲和母亲一起,带着铁锤、钢钎之类的去打石头,下雪了也是。两个人在河边的山坡上把巨大的石头从山里撬出来,用铁锤打成可以抬动的小石块,拉回去准备盖新房子。下雪了,我赶着羊群,在山坡上跑,听着父母亲击打石块的声音坐在冷岩石上吃干粮、喝凉水。这样一连三四个冬天,盖房子的石头够了,正月里,母亲叫了大姨家的四个表哥,用架子车把石头一趟趟拉到挖好的房基地周边。

先盖了一座,离开了母亲备受屈辱的村庄。母亲说,离开他们了,可算清净了!一年后,母亲还是催着父亲打石头,在河沟里叮叮当当两

个冬天,又盖了一座房,说是给我娶媳妇用。母亲说,家里没房子,你大了,谁会给你当媳妇?

我离开家乡第二年,也就是1993年,父亲和母亲又盖了一座房子,说是给弟弟娶媳妇用。现在,娶了媳妇有了三个孩子的弟弟住在里面。父母亲给我盖的那座,一直空闲着。母亲说,那是你的,俺当爹娘的不偏不向,说是谁的就是谁的,你现在不回来,它还是你的。

母亲还说,恁爹那人,刀架在脖子上还是那样儿,不催、不哄,现在咱家过得比某某村的光棍某某某也好不到哪去!——南太行乡村人们喜欢攀比,把盖房子、给孩子娶媳妇(送女出嫁)和给老人养老送终作为人生三件大事。完成了这三件大事,做父母的就有功,否则,即使别人不背后指戳,自己也羞得无地自容。

从20世纪80年代到90年代,因为人口逐年增加,田地因盖房、修坟越来越少。以前我们家四口人,分3亩9分地,现在却不到两亩地,加上自己在山坡上刨的旱地,一年下来,打的粮食勉强够吃。

这其中,牵扯到两个问题,一个是乡村宗嗣观念异常强烈。以为婚配最重要的就是生养子嗣,延续香火;即使现在,谁家的媳妇要是不生儿子,被离婚的概率高过百分之八十。在乡村,人都以为,人生人说难也难,说不难也不难,两年生两个孩子,又再怀孕的妇女大有人在。二是对土地的依赖或者说靠田地吃饭的思维一直占有强势地位。而人口的逐年增多和耕地因修坟、建房、水灾等原因的逐年减少,构成了不可调和的矛盾。一方面强烈地要生,"人多力量大";一方面生了孩子要上户口,上了户口就要想着法子让队里重分田地。

二十多年前,刚刚改革开放,靠天吃饭、靠地活命的农耕观念逐渐崩溃,很多人投入到了农村商品经济当中,各显其能地"掘金"。可我们家,我和弟弟都小,不能参与一般性的"生产劳动",父亲又只做些体力活,不能像其他人那样外出包工、做小生意赚钱,家境虽然不怎么拮据,但相对于其他人,则艰苦许多。母亲常哀怨说:恁爹要是像某某某那样,倒卖木头,包个铁矿、煤矿,即使当个包工头、做点小生意,咱家就不用愁了。可是,恁爹就是个死受、傻受。说完,就是一阵哀叹。

我依稀记得,80年代后期,父亲早年还当过几年的生产队长。可

没过一年,就换成了村里另外一个人。母亲唠叨说,人太直、太傻、没心眼不行,当队长得见人说人话,见鬼说鬼话,你就是个傻东西,怨不得别人把你拱了!再后来,父亲给林场扛过木头,从深山扛到马路边,一根水桶般粗的木头给 10 块钱,或者是 5 块钱;给邻村盖房子的人当瓦匠,一天给 15 块钱;还去表妹家的化工厂烧过铁炉子,表妹给的也多。还跟着包工头到团球厂铲铁球,用比人屁股还大的铁锹往大卡车上扔铁球;烧过砖,开春就去,天还冷,在泥水里滚打。

90 年代后期,父亲年岁有点大了,南太行乡村人家盖房子也都付工钱了(以前是你我之间相互送工,不要钱,现在被交换经济全面占领),母亲就让父亲给人盖房子,先后去过邢台县及武安市一些乡村。那些年,我和弟弟花的钱,都是父亲苦出来的血汗钱,可我那时候不知道,拿着钱乱花。闲下来时,母亲还和父亲一起,到山上去割一些荆条子,回来编苫子,一个卖一块钱或者五毛钱,有人专门收购,送到煤矿铁矿顶用;有些时候,父亲还被邻村人请去帮忙编家用的花篓子、篮子之类的器具,是亲戚的不给钱,不是亲戚多少给点。管饭、管抽烟。

我一开始对父亲的印象是木讷、本分和过于诚实。这里的原因,主要是母亲日复一日的唠叨,还有幼小时在乡村的那些刻骨铭心的经历。直到我在外面有了妻子儿子,才返身回来重视父亲。而母亲……父亲病后,我心里一直对母亲有着一种隐约的恨。2008 年 8 月 25 日,先行回去带父亲看病的妻子让我速回。我当晚赶到医院,母亲、妻子和弟弟在外面等我,我看了一眼母亲,心里恨她,对母亲甩了一句:现在还催着他干活不?俺爹要是没了,看您们以后咋过!然后跑步上楼,到父亲面前。

直到现在,我对母亲还有些"恨",是一种无可名状的"恨",恨不起来,但又在脑子里清晰可见。我一直纠结着,有一次对妻子说了这种心理。妻子则说,娘也个善人,想着把时光过好,可就是太要强了,没照顾好爹。我想了想,也不是,或者说,这只是其中一方面,而更多的,有时候无法言说。

我十几岁时,母亲总是重复这样一句话:要不是因为有了你,早和那个"傻东西"离婚了。娘还说:我要带你走,恁爹和你爷爷奶奶死活不

让,我怕你留在村里受欺负,成了没娘的孩子。以后啥也不成,俺舍不得你!我知道,母亲是和父亲闹过离婚的。现在想起来有些不可思议。据母亲说,嫁给父亲,她是不愿意的,是姥爷收了爷爷奶奶的几斗谷子和麦子。还说,爷爷奶奶家只有父亲一个儿子,是独子,财产多。嫁过来不到一个月时间,爷爷奶奶分给父母亲一只铁锅、三间房子、几斗米和两只瓮,让他们单过了。有我或者没有我的时候,也不知具体原因,母亲就受人欺负,或者说母亲和村里的两个妇女经常闹矛盾。那两个妇女是爷爷亲侄儿的媳妇,还有爷爷的亲嫂子,即她们的婆婆,按照常理,我们这三家,都属于一个家族,应当团结和睦,可就是闹。按照母亲的话说,他们有三点企图:一是仗着自家人多,欺负我们这个孤门小户;二是他们确实想让母亲和父亲离婚,因为,离婚后,父亲就成了光棍,待爷爷奶奶百年之后,父亲得投靠他们门下,一切财产自然都归于他们,包括父亲这个人及其劳动所得(这是南太行乡村的一个传统习俗,亲兄弟的子嗣若是单身,其他近亲则要过继一个儿子给他,养老送终后,一切家产归继子);三是嫉妒咱,愍爹傻,村人都说咱家时光肯定过不好,等着看笑话,没想到,还是过起来了,他们咽不下这口气,就变着法子害咱。

很多年来,我一直对母亲这三个理由表示怀疑,尽管我也跟着母亲受了他们的不少欺负,现在头上的几个疤痕都是他们给我留下的。我怀疑的理由有三:一是我觉得人不会那么坏。教科书上说农民朴实、善良,是最好的人,怎么会心怀歹毒呢?二是他们有时候见到我很亲,给我糖块儿吃,还对我说,那事不怪他们,"怪恁娘那人太好争,还不会说话,做事也没个'章程'"(意为没有次序、颠倒且不会用相应的方法);那时候我也半信半疑。三是我信赖家族,或者说血缘。这种东西无形且强大,一个家族的人,应当是互帮互助的,不可能像母亲说的那么坏。

这些疑问在我心里盘旋了好多年,直到我出外,参加工作后,我仍旧以为,农民是好的,家族的人不会坏到哪儿去。有些年回家,我突然发现,人心这东西是最难测的。按照有关政策,我义务参军,村里应当给予一定的经济补偿,钱不多,一年六百,后来涨到八百。可母亲要了三年,一个子儿也没要回来。我回去后去找村干部,村干部说,没钱!我

说你们到乡饭馆吃喝有钱,我的那点钱就没有?大队支书和会计瞪着眼睛对我说:你以为你是谁,有××啥了不起!没有就是没有,你找×××(当时国家领导人的名字)告状也没用!

　　事实上,村干部敢如此说,他明白的一个道理是:天高皇帝远,所有的政策或者要求在他这里是可以变通的。他信奉"县官不如现管"。其实,当下的乡村仍旧是一个人情社会,人们敬重或者说服务的是"于己有用"的人。回到家里,母亲叹气说,别说大队干部了,就是咱村里×××和×××(即从小就欺负我和母亲的那两位妇女的丈夫)也对村干部说:那钱不要给他!给了他,他就沾了大便宜哩!至此,我才明白,母亲所言并非空穴来风,并非一个乡村妇女的窝心之想。这样一来,我发现,人心如此之深不可测,人性之恶如此淋漓尽致。由此,也对父亲事事不问不管,任由他人欺负自己妻儿的行为,真的有了一种说不清的怨愤,也恨他没能耐,没责任心和男人气。

　　由此,我也对母亲和自己从前受到的屈辱进行了反思。从本质上说,父亲在家里确实是一个吃粮不管闲,怕事、躲着事走的懦弱男人,尽管多年后有几次他急了,和母亲一起对欺负他们的村人表示过抗议。盖弟弟房子时,邻居嫌我们家占的地方多了,非要把弟弟院子外面的围墙推倒,一家六口人逼着我父母和弟弟三个人。父亲大声说,我就站在这,谁要推倒围墙先把我砸死,否则谁也别想。母亲给我讲的时候,我看了看父亲,胸中涌起的是一种仇恨,还有对父亲少有的敬佩。

　　可在这类的利益冲突中,父亲大多数时间是沉默的,他一如既往地对家事、村事、人事不加理睬,吃饭、干活,回家,吃饭再干活、吃饭,天黑了点灯,天亮了下地或者出工。而母亲是要强的,她的目的很简单,就是把自家的日子过好。我小时,她再苦,也不要我穿着补丁衣服去上学、赶集,每年春节都给我和弟弟做新衣服;家里再穷,只要我买书,她借钱也给我(可惜,有些钱被我胡乱浪费了)。长大后,我慢慢发现,作为乡村妇道人家的母亲在处理家事和村里人际关系及日常事务上确实存在问题。一是话说不到点子上。这也是村人说她不好的主要借口。总是把话说得很直接,高兴一个样儿,不高兴立马黑下脸来,根本不懂得"迂回"和"凡事要留余地",往往是有理的事情变成没理的,本来自己正确的最后变成错误的。2007年，原先老是欺负我们娘儿俩的那两家人，非要说分给我家的一面荒坡里有他们一份儿，到村里找支书、主任反复说，又到乡里说。我问母亲，家里有证据没。母亲说白纸黑字写着呢！我说那就不怕，不要理睬他们。可村干部一叫母亲去，母亲就去，还一再争辩说那就是队里分给俺的。我叫她不要再说，叫也不去，这样他们没办法，结果母亲还是不听。二是过于认死理，记仇很深，不知道人随境迁，适时调整态度与做法。团结不了人，更不会去利用人，往往是她还浑然不觉，坏事就落在了自己身上。有一次，某个妇女来我家问母亲：你说俺坏话唻？母亲说俺啥时候说啊？那人说：人家说是你说的！母亲忙不迭给人家解释了一大堆，人家最后一口咬定就是母亲说的。我对母亲说，再遇到这样的一些事儿，你就不理她，也不要解释，越解释越说不清。三是过于固执和唠叨。什么事情都要按照自己的想法来，别人说的都是错的；总是一件事一句话反复说。弟弟几次因为母亲唠叨他把手机摔碎，还砸了摩托车。母亲哭。我打电话训斥弟弟，弟弟有时候也对我有意见。

母亲就是这样一个人，争强好胜但没有相应的"智慧"和"策略"，不像村里其他妇女那样虽然好是非、争好处，但会用脑子，变着法子骗别人去为自己出头，自己躲在背后出谋划策，把事情按对自己有利的方向"运作"；母亲固执己见却没有一个好的方法，有些自以为是，更有着屡屡吃亏但毫不回头的倔强。

这大概是性格吧，性格即命运。我也常劝母亲，不碍自己的事不参与、不发言（这是一种极坏的传统，事不关己高高挂起，是缺乏公民精神的，但这是一种放之四海而皆准的生存策略，弱势者保护自己的方法）；遇到事不怕事，有理就是有理，不解释，不说更多没用的话。不要关心孩子们的事情，关心自己，把自己身体照顾好。母亲却说，遇到人家找事就心慌、睡不着觉；怎么能不操心呢？孩子都是娘身上掉下来的肉，哪个不好，心里都过不去！这是一个卑微而好心的母亲，她一生都在为家，为儿子们操劳，她渴望的是一种比人不差的生活，是一种出人头地的世俗功利理想。

帕斯卡尔还说："最能抓住我们的事情，例如保藏好自己的那一点

财产,几乎往往都是微不足道的。正是虚无,我们的想象却把它扩大成一座山。"从这个角度来理解母亲对父亲的态度,包括她对父亲采取的一些措施,总是有些"法令诛罚,日益深刻(《史记·李斯列传》)"的暴力色彩。而父亲,则从始至终采取"鸵鸟策略"或"顺民方式"应付母亲的催促和"督令",以维持这一个得之不易的"家"。

母亲有时候真像暴君,驱使父亲去做一些事,逼着他拖着疲惫甚至病患的躯体去为家境没日没夜出卖自己仅有的力气,好来完成"把日子过在人前人上"的追求和理想。这其实是残酷的,也是一对不可调和的矛盾。父亲"无欲无求",一日三餐尚可的话,绝不去再做其他事,目前有穿戴就不会去忧虑。至少,不会像母亲那样,不停地在辛苦、积攒实际上少得可怜、甚至微不足道的财富,包括个人及家庭的"体面"和尊严。——乡村的现实生活也是酷烈甚至是惨烈的,在一些具体利益乃至事务上,农人们的某些作为对人心和人性的实践力度更大,体现也更深。很多年来,不论是电视剧还是文学作品,"乡村"已经成为了某种政治构想的"高效试验田"和知识分子"心灵避居地"。要么浪漫纯朴得令人骨头酥软,要么"旧貌很快换了新颜"。其实这不符合乡村的现状,以前不会,现在也不会。商品经济或者说资源经济因其"一夜暴富"的神奇功效,使得乡村人群在道德评判标准上彻底被颠覆而失效。

我2000年结婚,2002年有了自己的儿子。我才懂得"养儿方知父母恩"这句话的实际含义。以前,回到家里,只是围在母亲身边,听她讲那些过去的屈辱事,也跟着咬牙切齿,义愤填膺,甚至想着去报复。父亲总是坐在一边抽烟,说得久了,父亲会对母亲说:老说那些个有啥用!睡觉吧!母亲就斜着眼对父亲说:你没受过人家的欺负,见俺娘儿几个挨打,你就跑了,恁爹恁娘不帮俺,还帮着别人一起欺负俺!

母亲一再讲旧事,特别是屈辱事,本意是要我记住,并一再激发我的仇恨感。我也想过很多,比如报复,很严重和狠毒的报复,可终究没有实施。我觉得,人和人之间的伤害和仇恨无穷尽,此时得益沾光,彼时会失去,世界上最不恒定的就是财富和某些世俗层面上的"益处"。

父亲的性格完全承袭于奶奶。奶奶一生与世无争,极易相信人,只要一说好听话,耳根就软,且认为这个人比自己的亲生儿子还好。也因

父亲考

105

此吃了不少苦,受了别人的欺负。临终时候才明白,这世上没有一个人无条件地为别人奉献自己,"还是亲生己养的好。人的事儿,啥都是一个利字在起作用。"

2003年以后,我和妻子,以及后来的儿子几乎每年都要回老家一次。妻子手巧,只要在家,就会给父亲做好多好吃的菜,包的饺子也与众不同。不管去市里还是其他地方,妻子都会给父亲、母亲,还有弟弟的孩子们买好吃的。过年,家里人都不会做鱼,还有鸡,妻子做,父亲好吃肉,每次都吃得不能再吃。

我一直觉得,孝义是一种美德,也应当成为一种宗教。

2004年春节前回家,父亲还在武安一带给人盖房子。我几次说弄台车去接,母亲就是不让。说,活儿还没完,早回来了以前就白干了,人家不会给一分工钱。我怪母亲,父亲这么大年纪了,还让他出去打工。我一年给你们三五千就够花了,……母亲说,聚平啥时候时光过不到人前,当爹娘的死了也不歇心。我喟叹,无奈。大年二十八,大雪封路。我说去接,母亲说,也不知道那儿啥时候散工,恁爹啥时候回来,说不定人家包工头会找车统一送回来。我和妻子商议要步行去找父亲,母亲拉着我胳膊就是不让。二十九那天傍晚,我听到对面马路上有人喊弟弟名字,一出门,就看到父亲,挑着行李,一身大雪站在路口。我一蹦三跳窜过麦地、河沟和山坡,帮他挑上东西,回家,给他扫雪,拿出早就买好的羊肉,炖了给他吃。

这一情景如在眼前。2008年4月,我回家,给爷爷奶奶上坟,晚上和父亲睡在他和母亲分给我的房子里。天还很冷。躺下后,父亲总是叹气。我问爹咋了?爹说,胃疼。我说有药没?爹说,聚平带我去医院看,还是十二指肠溃疡。有药。第二天早上起来,又是那面荒坡的事情,我东奔西跑,找了大队支书,又去找乡里干部。本来说带父亲去医院,单位催着回去,只好拜托给弟弟。

现在回想起来,父亲的病就是那时候"显苗儿"并且持续加重或癌变的。村里那两家人联合其他几家人,几次要瓜分那面父亲和母亲用了几个冬天,抢着镢头刨掉满山石头,种上栗树的,不到5000平米的荒坡。整个家庭都在其中陷着。后来我才得知,那时候母亲又和父亲闹别扭,不在一个屋睡。据村里的一位堂哥说:2008年5月份,他在地里见到父亲,脸色蜡黄,瘦得可怕。

8月中旬,弟弟来电话说,带爹去看病。附近的一所医院检查后说还是十二指肠溃疡严重,拿了药。到8月20号,父亲觉得异常难受。母亲说还是胃病,吃几天药就会减轻了,经常是这样。我再次打电话对母亲和弟弟说,一定要带爹去大医院检查。弟弟带父亲去了邢台市医院,结果是胃癌。妻子当即赶回,23日确诊为胃癌晚期。25日晚上我赶回时,父亲吐血晕厥后刚刚抢救过来。

当晚,我坐在父亲床前,抚摸着他的手,看着他胡子拉碴瘦削的脸。一个劲儿地喊爹,其他话说不出来。那时候,父亲也似乎知道,自己去日不多,但精神尚好。妻子用热水给他洗脚、剪指甲,输液久了嘴唇干,就用热毛巾蘸水涂抹一下。

后来,村人问:小方叔,没闺女觉得遗憾不遗憾?父亲说:俺儿媳妇比闺女还好!

尽管父亲罹患绝症,但生活并没有因此而停止。母亲和妻子照常帮着弟弟和弟媳看护鸡场。妻子负责给父亲输液、打止疼针。有时候妻子不在家,就由弟弟帮着打止疼针。弟弟性子急,有几次给父亲打止疼针,消毒后,猛地插进去,很快就把药液推完了。父亲疼得咝咝吸冷气。我呵斥弟弟。

弟弟怒说,你打吧!妻子不在,父亲喊疼,且要求打止疼针时,我不叫弟弟。开始打时手哆嗦,插得不深,我怕父亲疼。插进去后,慢慢推。推完,再用手给他揉揉针扎的地方。

家人在忙的时候,我负责看护父亲。我一直想,父亲会说好多话,至少会把自己多年的心事或者经历给我说一些,可父亲一句话不说。我问他要不要吃东西,疼不疼,喝不喝水,他才吱声。坐在父亲身边,看着那个辛苦一生、沉默忍耐一生,终于躺倒,就要离开我们的人,我忍不住眼泪暗流。想起母亲所说及幼年的经历,忽然觉得,父亲真是一个对世界乃至亲人们没多少话的人。有时也试探着问他,和他说旧年往事。父亲听了,或嗯一声,或说:那都是哪年哪代的事儿了,说它干啥?

村人来看,说:小方以前是个多能干的人。背转父亲,对我说:小方叔是咱村里最后一个好人,唉,好人不长命啊!我点点头。但忽然觉得,说这些已经没有意义了。在村人心里,所谓的好人也就是不惹事、不暗害人、不参与村里利益斗争之类的"局外人"。而这个好人背后,是负重的、甚至还有些自戕的意味。多年来的生活经验告诉我,无论在何时何地,人群之间的利益斗争是绵延不休且惨烈的,只是在某些时候少却了表面的肢体冲突及暴力色彩而已。而正是这样的兵不血刃的"人事斗争",才是对人的命运具有迫使性和毁灭性。

坐在父亲病床前,我想了好久,也渐渐明白:物质匮乏、文化基础薄弱的乡村人群其实很可怜,他们所争的利益只是一些针头线脑、三五棵树木乃至几分田地,胜利者所得也不过一座破房子,数百上千斤粮食。但村人像命一样看重这些,有些财产已经不是简单的"物",而是被赋予了家庭和个人的尊严、智慧和名声等社会因素。我也明白,母亲大半生争得的,也是这些。她无时无刻地催促父亲干活,其实也是为了微渺甚至卑贱的所谓的名誉、尊严。

2009年春节后,父亲的状态一直很好,就是输液难了,吃东西不多,疼得也厉害。但凡不疼的时候,我和妻子和他说话。有时候一家人在说话,他突然会冒出一句。话不多但点中要害,叫我们心服口服。如:母亲还在说那些陈年旧事,父亲突然插话说:"那些事其实很好办,狗咬人一口,人还反过去咬狗?"

我仔细一想,父亲讲得是,那些欺负我和母亲的邻居们,其实在用一种戏谑的态度或心理,像猫戏老鼠一样,明知你不敌或则逃不掉,就拿你开心。这种现象我在"单位"见过很多。在乡村,也很多。人在很多时候,对弱势者持有一种戏要取乐的病态心理。

鲁迅先生在《娜拉走后怎样》的一段话极能说明问题:"群众,尤其是中国的——永远都是戏剧的看客。牺牲上场,如果显得慷慨,他们就看了悲壮剧;如果显得觳觫,他们就看了滑稽剧。北京的羊肉铺常有几个人张着嘴看剥羊,仿佛颇为愉快,人的牺牲能给他们的益处,也不过如此。而况事后走不几步,他们并这一点也就忘了。"这种心理是变态的,但隐藏在每个人的心中,无形且强大。

有次说起荒坡事,父亲又说:"他们不是想要那面荒坡,是想从咱坡那里修路,到后面拉硅化石卖钱。"真是一句话点醒梦中人。现在,村庄附近的几座硅化石山已经被钩机、铲车挖没了,硅化石运到玻璃厂成为玻璃,村里资源匮乏,既然一吨石头能卖一百块钱,一座山挖了就能赚个子孙不愁。妻子听了父亲诸如此类"画龙点睛"式的话,连连赞叹,说爹真是个聪明人。

晚上,妻子和我躺在旧年的房屋里还说,爹是好人,也是个聪明人。娘就是太直了,说话不过脑子,自己把自己的把柄拿给别人,不吃亏才怪,叫屈都没人同情。

母亲从始至终的作为,让我想起堂·吉诃德,毕生与"愚妄战"的屈原(当然她的悲剧还不至于如此高贵)。还想起鲁迅先生另一句话:"中国各处是壁,然而无形,像'鬼打墙'一般,使你随时能'碰',能打这墙的,能碰而不感到痛苦的,是胜利者。"(《碰壁之后》)母亲就是经常碰墙,屡碰屡痛而丝毫不回避的人。

我恍惚觉得,一个家庭也似乎是一个集体,它的"政治"成分是复杂的,而且是典型的人治。在家族色彩浓郁的闭塞乡村,这种独断式的家庭政治非常普遍,特别是从上世纪初叶及中期走过来的人。整个乡村社会甚或夫妻间也无意间遵循了"胜王败寇"的历史价值观和世俗认知及行事方式。父亲不仅是村里的弱势者,也是家庭的弱势者。母亲最初的"王牌"或者说制胜法宝就是"离婚"。在上世纪七十年代初的乡村,父亲一旦"被离婚",再续的可能性几乎为零。

村人常说:"没有娘儿们的家算家吗?"家庭乃至妻子对贫苦农民生活的重要性不言而喻,特别是在歧视性、世俗观念严重的乡村,一个男人没有妻子,是人生最大的失败。不仅会断了香火,且不会有很好的晚景及人生享受。基于此,以前那个会"捉犁把"、"赶马车"、"会木工"、"放羊"、"编花篓子"、"当瓦匠"的男人在这一强势覆压下变得沉默寡言、与世无争。

可父亲为什么看着自己的妻儿被人欺负而无动于衷,甚至远远躲开呢?

按照母亲的说法,父亲这样做,一方面来自爷爷奶奶息事宁人,不管不闻,有事不当是事就没事了的劝告和叮咛。但我也发现,爷爷奶奶

109

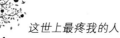

和我母亲的关系不大好，至少是早年间，尽管他们病后和过世时母亲没有虐待甚至连大话都没说一句。这是千真万确的。母亲说：人家毕竟是老人，以前怎么不怎么的吧，都过去了，咱是小辈儿，从哪儿说都该对人家好！

这是母亲善的一面。我也相信，内心的善一直在支撑着她熬过艰难的乡村岁月，如果她更懂得和掌握了"世俗生存智慧"，那么，母亲该又是一种形象。另一方面，欺负我和母亲的那些人大都是父亲的童年伙伴，又是血缘亲近的家族中人。他们欺负我和母亲，但对父亲非常好，给点吃的，说一些好话，把由头和罪责推到母亲头上。父亲该有些基本的判断力，即使自己妻儿不对，他们公然欺负自己妻儿且很过分，无论哪个男人，都该挺身而出，有雷霆之怒的。可是父亲没有。

这是为什么？还有：家庭和财产受到恶意克扣和侵占，尊严受到"凌迟"，父亲怎么也会无动于衷的呢？

父亲生前还说了一句话，"人家人多，打不过，骂不过，不如悄悄地（受了）！"这可能是父亲的真实心态，即"打不赢就受着，逃不掉就挨着"弱者逆来顺受的求生法则。父亲一生似乎就按照这一法则对待家事和村事，似乎从没有太多的改变。

或许是因为这一点，父亲是信赖我的，也可能以为我是理解他的人。也正因为此，他死时，因为我没赶到，他的右眼一直没闭。他躺的位置，右眼一睁，就能看到进门出门的人。为了安慰他，让他安心地去，小姨妈叫弟弟装作我走路的样子，从门口进去，指着弟弟说：献平回来了！爹一看，说，不是！是聚平！

这就是父亲，到死都没糊涂。我凌晨进门，他已经全身僵硬了，穿着崭新的寿衣，躺在炕上，脸上盖着一张白纸。同在的小姨妈、表嫂和妗子、干姐姐说：早上了，别哭！我和妻子真的没哭。母亲掀开父亲脸上的白纸，给我看，说，恁爹的这只眼就是没闭上。我看了，一只眼睛，朝门口方向睁着，眼仁黑黑的，好像还有光。

坐在很冷的屋里，我只是叹息。我不是不想哭，是不会哭。胸腔里全是气，鼓胀得要爆炸。我知道这一天要来的，可没想到这么快。

元宵节后，我们看父亲神色尚好，精神也很足。且闭塞了近一个月

的肠道也通了,是母亲戴着手套帮他抠,我在旁边要下手,母亲坚决不让。那时候,我蓦然觉得,母亲是在乎或者爱父亲的。毕竟,几十年的夫妻了,他们的爱情生活中有吵闹、有威胁、有埋怨、有厌弃、有恨,也有着相濡以沫。时间真是一个好东西,它替人在磨合、增加感情和减去仇恨。

正月十八,儿子要开学,我和妻子先回到单位。半个月后,弟弟来电,说父亲不行了,要我们马上回去。单位飞北京的联航每周二、四、六一班,那天正好是星期日。找票贩子搞到票,飞速赶到车站。一路上,我想,父亲一定会等我的,……可我辜负了他。他没有在最后见到我。

我一直觉得,父亲肯定有什么话要对我说。临终时,母亲和小姨妈、还有弟弟都在身边,他似乎也没有说什么,就一个劲儿问献平回来了吗?隔一会儿,就朝门口看一眼,直到转头的力气都没有了,还在问。

将他送到离村五里外的荒地里,上面的坟茔是爷爷奶奶。以前是分开葬的,挪坟时将他们的骨头放在了一起。一口深的坑穴,将父亲连同他一生的悲苦、不幸和忍耐都丢在了里面。他们让我先盖六铁锨土,而且要站在父亲的棺材上。我犹豫了一下,跳上去,左边挖了三锨,右边挖了三锨,然后跳上来。

是我亲手将父亲埋葬的,土落在棺材上的声音,很闷,也很响亮。

父亲去世后,我一直在想:他为什么临终不说一句话呢?对儿子,对自己的妻子,一句话都没有留。他保持了他一生的沉默,直到死,也还是一言不发,不对家庭和自己的一生做一个交代或者总结。

父亲是决绝的,或者是彻底失望了!他经受的,他带走;没有经受的,交给后来者。自己则不置一词,保持了生前的一贯态度。

"头七"晚上,我和妻子在上面屋里睡。我害怕,没来由的害怕。乡间迷信说,头几天里,死者还不知道自己死了,还在迷糊着,到第七天才知道,并要回家来看看。我不迷信,但心里也忍不住那样想。我想:父亲该对我说些话的。夜里十一点,寒风吹着院子四周的茅草,夜鸦在近处的枯枝上叫喊。妻子睡着了,全身出汗,我抱着她。她呓语说:"咱家人事多,话也多,该说不该说的话都说。……不知道忍耐,不管有没有那本事就往前冲,不吃亏才怪……"

我听着,也全身出汗。摇醒妻子,妻子说,睡吧。我说咱去咱娘那屋

睡吧。妻子说你怕啥呢？是咱爹！她越是这样说，我越是害怕。她见我真的害怕，就拉开灯，抱着被子一起到下面院子，叫开母亲的门，和母亲还有陪母亲的妗子睡在同一面炕上。

这种蹊跷的乡间事，我以前只是听说。

这肯定是心理作用，或者是乡间文化的一种幻象。我不是宣扬唯心主义，而是觉得妻子在夜里说的话像极了父亲，而且说的是地道的南太行乡村方言。第二天早上，我把昨晚妻子的呓语说给了母亲和妗子，她们都说，是恁爹回来了，借恁媳妇给你说话呢！

我听了，头皮发炸，但仔细想想，却发现，这些事情是子虚乌有的，妻子的呓语不过是一种巧合吧。

父亲逝后，我一直觉得有三点过意不去，无法释怀，自己跟自己生气。一是没有及时给他诊治，使他才六十三岁就离开了我们。六十三岁，很多人还鲜活得很，还可以和孩子们一起做很多的事情，享受天伦之乐。而父亲，却再也没有了！这都怪我粗心，没有照顾好他，让他辛苦一生，还这么早就走了。二是觉得父亲有一种巨大的忍耐力，许多人做不到，他可以视苦难为必然，把伤害作为一种考验，视亲人的苦和痛而不见，……这需要怎么样的卓越磨炼才能洞彻？他不是不心疼，不愁烦，而是用忍，将村事、家事化作无物，使自己超脱于外。三是父亲肯定看透了世事人生，而将之拒在自己思想与心外，站在一隅，看其他人叫嚷斗争，不可开交，自己则冷眼观望，不置一词，以沉默对抗外部的纷嚷喧嚣。

如是种种回忆与猜想，或许真的是父亲在世时的心态及其本来就很卑微而模糊的形象，或许仅仅是我的一些似是而非的猜测。但终究遗憾和悲痛的是，父亲没了，从他闭上眼睛那一刻起，我在这个世上就再也找不到他了，除非我有一天也像他一样。

近两年来，一直有一个念头时不时跳出来：多年之后的某日某时，我也会像父亲那样，被人送到荒地里去的，在爷爷奶奶和父亲脚下躺下来，成为一个永久沉默的灵魂。这是必然的，也是一种自然交替。

现在，我只是觉得，父亲能多和我们在一起一段时间，我回家，进门喊爹有人应，老了，父子俩坐在墙角捉虱子晒太阳，说说往事，能多

看看孩子和孙子们,看看这里那里的人事,然后哈哈笑,就很满足了。可是,我和弟弟的父亲就是那一个人,不可再造,不可重复,这是一件悲哀的事情,在内心,是一种杀伐,一种持久的煎熬与凌迟。

在时间之中,人和物也许是短暂的,或者不留痕迹,一个人的经历和记忆,连一粒尘土落水的动静都不及——时间在统摄着一切,时间纳入世间所有生命及其尸骨,情感和灵魂,不做珍藏,只为扬弃。父亲是的,我和我们也肯定是。

父亲逝后,我常想的是:每一个人都是可怜的被收割者,只有"此时此刻"才属于自己,也只有真实的存在令人心安和快乐,痛苦和悲哀都是次要的。我也时常假设:要是时间再倒退三年,我一定会使父亲避免罹患绝症,即使不能让他像其他人那样尊荣,但可以让他也体验一下世俗意义上的一般的快乐和幸福。可这些都是妄想,此时和彼时,已经是两个概念和时空了。而更可悲的是,时间使业已消失的不得永恒,令存在的不得停留。现在的我和父亲之间,已经构成了一种生命相连、思想相通但不可逾越的鸿沟,从这一端看不到另一端,另一端的身体和手掌伸得再远,在此时,也还是看不见、摸不着。西蒙娜·薇依说:"我们称之为变化的,也许不是别的,只是这一在场本身,不断地更新,不断地令人吃惊。"(《西蒙娜·薇依早期作品选·论时间》)

姓爸爸的人

在懵懂甚至愚蠢的年代,我做过的那些错事——或许早已没有了记忆,直到今天,受过我伤害的人大都已去世了。我的两个舅舅算是其中之二,还有我的爷爷——在我忘掉的那一年,我用拐杖敲折了他左手中指。当我知道的时候,我已经十二岁了⋯⋯两个舅舅也都是极爱我的,只不过,他们用的方法是:咬牙切齿的训教,殷切严厉的期盼——只是我不知道,后来他们先后离开人世,到现在我才知道:在我幼小年代,不是我当时觉得和看到的那样,没有一个人真心呵护我,而是我那时不懂得。

这个"懂得"是我的儿子教给我的——十六岁那年,夜晚漆黑得只有乱七八糟的星星,夏夜的屋顶上到处都是飞行的蚊虫——后半夜,风凉了,露水也下来了,结在我被子和裸露的脚踝上——我忽然醒来,看看深邃的夜晚(那时候,一看到星空,就想到"牛郎织女"、"天仙配"等神话传说),我想到一个奇怪的问题:在我之后,或者就在我身体之内,肯定还有一个像我的人在这个世界上出现——他与我惟妙惟肖——我觉得兴奋,这个想法让我联想到了其他一些东西,比如爱情、婚姻——未来的生活。

这个夜晚开启了我的另一种梦想,其实,它世俗得不能再世俗——从一个人到另一个人,本身就是一种延续和传承。从爷爷到父亲,从父亲到我,这种延续和传承像是一根隐忍、但却颠扑不破的链条(从中可以嗅到浓郁的腐朽和永恒的气息)——用肉身和灵魂的形式,链接和击败了强大的时间(神奇的本能和繁衍)。三十岁那年,夏天,我的妻子在酒泉卫星发射中心医院 (解放军第五一三医院) 剖腹产下了——另一个我和我们。

最初,我一直想要个女儿(女儿让我觉得那是人生当中最柔绵、仁慈和光亮的部分），但是儿子（多一些自由、桀骜、强悍和勇气）也好——护士抱他走出产房，我只是看了他一眼——他也睁着眼睛，黑黑的，眼光扫过我(懵懂甚至无动于衷)，很快又被送进婴儿护理室。我担心妻子(此前，听说了太多产妇因出血过多而离世的事件)，没有和岳母一起跟着护士去看他。确认妻子安然无恙之后，我才去认真看了他——果真是另一个我，尤其是脸型，但眼睛、嘴巴比我好看(后来，见到的人都说，儿子简直就是我的翻版)。趴在婴儿床前，我忽然想起多年前那个于今看来并不"奇怪"的想法——另一个我真的来到了，如此真实，又如此陌生。

巴丹吉林夏天热得遍地是火焰，我们住的宿舍楼大致修建于20世纪50年代末期，一色苏联模式建筑，二楼(顶楼)简直就像是架在火堆上的一个大蒸笼。每天搓洗尿布，他黑色或者黄色粪便有色无味——我第一次不怕脏，抓起污迹斑斑的尿布在水中猛搓，漂洗——由此也想起自己小时候，父母也是如此这般……人说"养儿方知父母恩"，从那时候，我懂得了父母之爱之难——为自己当年对父母的反抗甚至忤逆感到惭愧。

没过多久，我们搬家，和很多人一起住在废弃的幼儿园内——好像是医护室，浓郁的消毒水味经久不散。儿子在慢慢成长，出第二颗牙齿的时候，就开始叫我爸爸了(我第一次享受到了被尊称、被证实、被接受和被认可的欣悦和幸福)——我总是在想：是谁让他来到我的面前，成为另外一个我？我该怎样对他？他将来会是怎样的一个人，从事什么样的职业？有着什么样的品质？

夜晚的窗外，两棵老了的杨树不停拍打手掌。有月亮的晚上，可以看到很多闪光的沙子(甲虫在上面不知疲倦；老鼠从这幢房子到另外一幢；鸟雀在枝头梦呓；滴水敲打时间的骨骼)。儿子(与我们家族和平民历史血脉相连、不可分割的人)在我们身边呼呼而睡，身上每一个地方都是圆的，棉花一样的皮肤散发着浓郁的奶香——我从额头亲到脚，喜欢把他的一只手或者脚整个含在嘴里，轻轻咬(往往口水涟涟，情不自禁)。喜欢在月光下看他的样子，努力想象他未来成长的每一个可能的细节——冬天，一场大雪覆盖了巴丹吉林，也冻裂了水管。每天

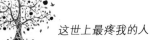

早上，门口和窗缝上都结着一层洁白的霜花。

偶然的机会，我们才听说，我们的隔壁，另一家居住的房间，很早之前有一个人割腕自杀了——第二天，我们便搬到了一座宽敞的楼房里居住。儿子对此浑然不觉，喝奶还是从前的姿势，睡觉喜欢蹬被子，翻身，有时候突然哭，有时候咯咯笑，哭完笑完，又恢复原状。没过多久，儿子发烧40度，我连夜打车到百公里外的医院——护士把他头发剃掉，从头上输液——我害怕，极力阻止，护士说，婴儿只能这样，要不从脚上扎？妻子也说没事的，孩子都这样。

2003年初冬时分，我们带着他回到了我出生并长大，且有过无数刹那幻想、幸福、疼痛和悲伤的地方（生身的欢愉；苦难和自然的成长生活）——南太行的乡村到处都是寒冷，温热的白天，枯草围绕的家居，野兔的近邻。儿子和侄女儿——弟弟的女儿，他的姐姐一起，玩儿得天昏地暗。有时候打架，儿子总是占先，举着两只小手，或者摇晃着抬脚踢腿，几次之后，小侄女儿便不再反抗，一挨打，便哭起来，跑出好远。儿子站在原地，照旧——继续摆弄自己的兴趣和战利品。

再一年夏天，在南太行乡村，儿子四岁了，这也是我工作后在老家待的时间最长的一次。农活之外，我便带着母亲、小姨妈，伙同弟弟和几个小侄子、侄女儿，到附近的地方去游玩，父亲带着我儿子、已经上学的小侄女儿，在院前院后玩耍（那里有他喜欢的蝉衣、甲虫、飞鸟和蜗牛）。儿子常常要爷爷给他摘未成熟的苹果，让奶奶背着到山下的小卖部买吃的；与弟弟的小女儿争着让奶奶背，儿子常常以"我小"、"我是奶奶的孙子"、"我回家少"等借口，将姐姐说得哑口无言，只能一步一颠地步行。

乡村的夏夜从地面升起，有时候是穿过烟岚进入到每一个角落，太阳被山峰收买，归圈的鸡们一声不吭，白肚皮的喜鹊和俗名"弹弓"的黑鸟（大致是鹰隼的近亲，嘴尖爪利）聚集树巅，把村庄吵闹得一无是处。活泼忘我的儿子沉静起来，站在薄暮的院子里，一遍一遍地冲着幽深的河谷、对面的山坡和马路、层叠的田地不妥协地喊："爸爸"、"妈妈"、"爸爸"、"妈妈"……那声音好像一把刀子，听得让人心颤，继而心疼。有好几次，我在对面马路上听到，眼泪哗的一声涌了出来——恨不

得一步蹦到儿子面前。

我母亲说：每次都那样，只要你们回来晚了，或者不在家，锐锐就站在那里喊爸爸妈妈，怎么叫，怎么拉都不回屋——他一定与我有着某种难以言说的默契，有着与我割舍不断的情感维系——他就是前生的我，或者我就是前生的他（一个人成为另一个人的延续，其中不仅仅是巧合。我相信，冥冥之中还有一个看不到的手掌，在灵巧安排）。我们就这样轮回着、交替着，像两个永不分割的生命，我中有你，你中有我——再回到巴丹吉林沙漠，儿子很快转换角色，进入到另一种地域和人群的生活之中（或许他对自己出生之地有着天然的认同感）。秋天的黄叶随风飘飞，尘土像是沙漠的翅膀，乘着长风飞翔。天气晴朗的时候，儿子会和他妈妈一起，到户外的文化广场、活动中心及两座人工湖边去玩，每次都跑得满身大汗，嚷着吃冰淇淋、喝饮料。有时候主动要求去吃牛肉面（这一点与我截然相反），也像我一样喜欢吃米饭，但比我好吃肉（一天没肉都不行），每次能吃我的两倍。

有一次在姥姥家，下午煮米粥，儿子走过去看了看，对岳母说："放点肉嘛姥姥！"岳母说："中午刚吃了，下午喝米粥好。"儿子不高兴了，努着嘴唇抗议说："不放肉你这饭咋吃啊？"说完，就朝门外走去。（肉食主义者，据说具有创造力、攻击性和不妥协的进取精神）从一开始，在儿子面前，我就没准备把自己当威严、高大和唯我独尊、十全十美、从不犯错的爸爸看待，我想我是他的朋友抑或兄弟，是两个不同年份出生，但却要同在这个世界生存的，最相像和最亲密的男人组合。

成长，不仅仅是肉身，还有意志、精神、素质和灵魂——我的训斥和教育是徒劳的，只能被反抗（自食其果）。儿子也从来没把我作为具有威慑力的"爸爸"看待，在他心目中，我只是一个时常使劲抱着他拍他后背的男人，时常在床上与他打闹的人，时常咬他手掌、与他争抢玩具、在他妈妈面前"告状"的"爸爸"。他很调皮，又很安静（前者是爬高上树，独自下水，玩双杠，独自跑很远的路回来找妈妈，坐在汽车上就想开着车跑；后者则是有时候一整天也不出门去玩，不愿叫任何同学和朋友，一个人拆装玩具，看动画片，一句话不说）。我想前者是儿子继承了我幼年的脾性；后者则抄袭了我现在的精神和肉身状态。

117

到幼儿园,那么多的孩子,他是最老实的一个,时常坐在不起眼的角落当中,不参与老师组织的活动,不与其他同学打闹——这大致是他最初的方式有关:不愿与人分享,生气时常说:不给你玩了。导致了其他孩子对他的疏远和排斥心理——我当然不能对他讲"人的社会属性"、"与人和谐"等等空洞的道理。妻子一次次邀请熟悉的家长带着孩子来玩儿,让他们一起做游戏、背儿歌和看动漫,让他们争吵、抢夺,甚至打架——一个月后,儿子重新活泼起来,在幼儿园重新活跃起来,还参与了六一晚会,跟着一群小孩子在舞台上表演舞蹈节目(《中国功夫》)。

我揪心——直到现在,我仍旧是一个自卑的人,不愿意出入有很多人参与的各种场合,哪怕是熙熙攘攘的街道和集市,我都觉得非常别扭,好像有无数的眼睛在轻蔑,无数的嘴巴在嘲讽——这种心理疾病大抵是十八岁前后在乡村的生活境遇造成的,也或许是自小贫苦、常受欺辱造成的——在儿子几次被同学合伙欺负后,我与妻子一致的是:鼓励儿子与人拳来脚往,但不要找事,动辄欺负别人——只要自己受到欺负,不要哭,一定要还击,而且越强悍、越凌厉越好。

这样一种灌输——"仁慈博爱"是一种境界,而"适者生存"何尝不是世界的真相呢?交给一个刚刚六岁的孩子以暴制暴、捍卫自身,我想这可能是方式的问题,而不是思想的偏差。我也时常觉得:儿子性格和内心像我——过于柔弱了(有几次放学路上,被高年级同学合伙欺负,鼻子出血,还有一次被同学抢了玩具,只是哭,不敢追要)——对蚂蚁甲虫及其他生命的怜悯和喜欢是本性,对同类的关怀和仁爱是品质,而对同类乃至外来的力量所给予的伤害和疼痛——我想这应当就是反抗和还击的理由吧。

促狭、阴暗的性格与心理,我不喜欢甚至——所幸,儿子没有,从来不背后捉弄和戏弄其他人——格外看重友情(我去接他,他要步行和要好的同学一起走;或者让我把他的同学也接上,送回家里),还有一种锄强扶弱的侠义精神(时常给受欺负的同学打抱不平,别的同学要打自己要好的同学时,他总挺身而出,拉着逃跑或者加入战斗),每次带他出外,都不忘给要好的同学买一份小礼物,过生日只叫自己喜

欢的同学。

这些令我欣慰，同时也令我担忧——我不知道究竟为什么担忧……我想，儿子会遇到的……这应当是好事。有很多时候，他突然冲过来抱着我，把脑袋贴在我的小腹上，一遍遍说："爸爸，我爱你！"我不知道儿子怎么了，心里一阵感动，眼泪流泻而出。我每一出差，儿子总会在第一时间出现在我的面前，抱住我说："爸爸早点儿回来，一路保重，儿子爱你！"这时候，我不知道说什么好，回来时候总是给他买一些好玩、好吃的东西，还有衣服和喜欢的玩具——不然的话，心里就像欠了儿子什么一样，长时间惴惴不安。

很显然，在自己的成长历程当中，我忽略了自身——肉体的变化，这时光中的植物、易碎品和速朽之物。对于儿子，我观察得细致一些，给他穿衣脱衣和同眠的时候，我有意无意地看：儿子虽然六岁了，身体上仍有一种奶香或者青草的气息，叫人迷醉和怜爱。忍不住抚摸和亲吻，把他抱在怀里的时候，我觉得与任何人相拥都不曾有过的感觉……我不知道该怎样表达——想把他一口吞下或者压进自己的身体。

儿子肯定不知道我的这种感觉，就像我像他一样小时，父亲用胡子在我脸蛋和胸脯使劲摩擦一样——这种爱是无以言表的，语言在它面前苍白无力。早上叫他起床时他赤着身子，或是趴着、或是仰躺、或是蜷缩，或者舒展（长长的身体像是一张柔韧的弓，酣睡的表情呈现天性的坦然）。很多时候，他的小鸡鸡硬硬翘起，一颤一颤，似乎是一支小鼓槌。我觉得诧异，而后释然（憋尿的缘故，身体的自然反应）。

吃过早点，儿子出发了，他下楼，我在阳台上看着他走——他背书包行走的样子让我内心潮湿，他就那么不紧不慢地走，姿势优雅而自觉——每次看他的背影，心中便有一种极其柔怜的感觉，浸软了骨头。放学时候，他和同学们一起走（他们在讨论问题，或者是相互指责。有一段时间，儿子一直对一个喜欢在路边撒尿的男同学进行不妥协的"口诛"，每次都把那个同学说得唔啊啊地哭着回家；后来又专注地保护一个比他个子矮的同学，每次都要把对方送到家门口才回家）。有时候我去接他，他总是像鱼一样在众多的学生当中穿梭，被我逮住才不情愿地上车。

相对而言，与同学一起回家，自然多了一些趣味——毕竟是隔代人，他一定体会到了与我在一起的枯燥。每次放学回家，洗手，吃饭，就趴在桌子上写作业——勤奋而认真，有时候背课文给我听——他给我讲解其中的意思(对儿歌当中的蚂蚁、风筝、狐狸、狼、小猪、刺猬、乌鸦等等动物尤其感兴趣，会把它们的故事绘声绘色、添油加醋地讲给我和他妈妈听)。有时候让我给他画一些图形——这方面我是笨拙的，总是画不好，有时候他帮我校正——每次做完作业，都要我以他的口吻给老师写一张纸条——他说我写："杨锐回家第一件事就是写作业，课文背得又快又好，声情并茂。请老师检查。谢谢老师。"再后来改成了"杨锐把语文老师布置的作业做完了，请老师检查。谢谢老师，老师您辛苦了，我一定帮你打扫卫生。"

从儿子这些话当中，我觉得了一种敬畏，或者说一种无意识和无条件的顺从——其中还有一些奴性的成分(这些话大致是老师教给或者有意引导他们的)。有好多次，我对儿子说出自己的想法——还没说完，儿子就急得脸红脖子粗，与我争吵说：同学们都这样，老师就是这样说的(刚学前班，就获得了这样的思想意识，叫人担忧)！我还要辩解，儿子扭头走了，找妈妈签字，好久不理睬我。

长时间在偏僻的沙漠地带生活，儿子像我一样不谙世事，单纯透明。背的书包一天比一天重，夏日上下学之间，要穿过大片的楼房和暴烈的阳光，T恤湿透，脸庞黝黑。我觉得心疼，每隔一段时间，就和妻子带着他去酒泉或者嘉峪关玩耍——在广场和公园，让他玩遍所有的游戏项目。高兴了，儿子说：今天我高兴得像乌鸦。若有一点儿不顺心，便嘟了嘴巴，说：我的心情坏得像鳄鱼。

我听到了，觉得新鲜，但实在不知道"乌鸦"、"鳄鱼"和他的心情之间到底有什么联系(当他和他们长大，现在的汉语词汇恐怕要被再一次地刷新和颠覆)。最近的一次，儿子忽然把我叫做"姓爸爸的人"(无意识的隆重赋予、期望和肯定)，这个词语让我有一种前所未有的震撼——或许儿子是无意的，只是与我矛盾时不想直呼爸爸，以此表示自己的一时好恶，但对于我而言——儿子这句"姓爸爸的人"绝对是一

个空前绝后的创造。

 我想：我和儿子，是处在同一平面的人，也是相对的两个个体生命、两个人、两个世界、两个相交但却越走越远的点、缓慢而迅即的圆规、根系相连的丛生植物、一前一后奔跑的两只动物——儿子时常会对我说：爸爸，等我长到你现在的样子，你就像姥爷一样老了(或说：你就是一个老头子了)。我看看他，眼神苍茫，情绪沮丧，摸摸他的脑袋，不知道说什么好。儿子看着我的表情，接着说：爸爸，我觉得伤心！我听了，内心犹如雷声滚过，一阵撕裂的疼痛。儿子哭了，眼眶红红的，把脑袋依在我的胸脯上，一声一声地喊"姓爸爸的人"、"姓爸爸的人"。

叙述巴特尔

1

白色的甬道,比黑夜更黑,我焦躁不堪,走来走去。3 小时 20 分钟后,手术室门开了,看到妻子——持续了 3 个小时的紧张情绪,乃至对种种不幸的担忧和猜测瞬间灰飞烟灭。走过长长的走廊,到病房,我、岳母,还有几位医生护士,抬起腹部被刀刃切开的妻子,小心而又吃力地放在病床上。这时候,我看到了妻子赤裸的身体——腹部包着一大块白色的纱布,脸色如纸苍白,原先丰裕的身体一下子瘪了下去,就连肌肤上也没有了一丝素常的血色。

我忍不住笑了一声,一边的岳母迅速用眼神,配合嘴巴嗔怪了我一句。直到现在,我仍没有向岳母和妻子解释——其实,我不是笑妻子的某个部位与平时截然不同, 模样怪异, 而是释放自己紧张的心情——对于女人,分娩无疑是一场生死攸关的劫难——母亲的伟大似乎就在这里,疼痛之后才是愉悦,才会终生被一个人或者几个人,无论何时何地,都以"妈妈"这一高贵的称谓称呼她。安顿好妻子,我才去看了新生的儿子——他睁着不明世事的眼睛, 躺在一张窄小的床上,黑黑的眼珠左右顾盼,但只是在眼眶里面动,不会扭头。我笑了一下——那时候,有一种特别的感觉:开始,我不相信这就是我和妻子的儿子,就是我们夫妻血脉和家族的又一轮生命延续。

我哭了,眼睛模糊,仍看着儿子,他没有任何表情的面庞上泛起一层类似白色皮癣的东西,血色沉淀——他当然没有觉察或者会记得我当时的表情,但我相信,他一定知道,站在他面前,看着他的这个男人就是他父亲。每个自然的生命出生之后,都能够迅速地确认与他生命乃至血缘相近的另一些生命——随后进来的岳母伸出手掌, 作势抱

他，他却突然咧嘴哭了起来。稚嫩的声音单薄而又明净，脆弱而又充满了某种反抗意识。

岳母急忙缩回手掌——脸上掠过一丝尴尬。这时候，我下意识伸出手掌也作势抱他——我发现，他的眼神是平静的，一动不动地看着我，接着是一种没有显露出来的笑——我也笑了，有一种被认同，或者说被一个新生命褒扬的感动情绪，迅即流遍了我的身体，以致隐约听到了自己脑海中血流猛烈运动的声音。我知道这就是我儿子了，是我和妻子的又一个身体，是我们生命再一次被接纳、传承和流传——我久久站在他床前，含泪与他对视。有几次忍不住伸出手掌，轻抚一下他的鼻尖、耳朵和额头，笑着叫出早已给他起好的名字：巴特尔（bateson）。

这是一个蒙古族名字，英雄的意思。有一次，我特意致电裕固族作家铁穆尔先生——巴特尔这个名字在草原上有数千万之多。但我还是愿意以巴特尔来称呼自己的儿子——"英雄"是一种梦想，也是一种品质和精神。我想它不是狭隘的、孤独的，而应当成为一种繁华的、有度的、人性的信仰诉求。

回到病房，虚弱的妻子躺在病床上，表情痛苦而安详，眼神迟滞地看着面带笑容的我，张了张口，想说什么，可什么也说不出来。我急忙走过去，耳朵凑近她嘴边。她说：有没有看到咱们儿子？我笑了笑，眼泪又蜂拥而出，抓住妻子的手告诉她：看到了，还叫了儿子的名字。妻子忍着疼痛，张开嘴巴，露出一口洁白而整齐的牙齿，冲我努力笑了笑，又使劲努努嘴巴，意思是让我再去看看儿子——我坐在床边没动，对妻子说了儿子的模样、表情以及刚才的表现——省略了岳母抱他的细节——岳母就在身边，也很高兴的样子。坐了一会儿，说再去看看她外孙。回来后，站在妻子的床边说，那小伙子开始不让俺抱，哭呢，现在好了——我知道，岳母是自己为自己打了一个圆场——巴特尔是我们的儿子，她的外孙，身上也肯定流淌着她的鲜血——岳母说完，妻子笑了，很虚弱的笑，夹杂着疼痛和愉悦。

接下来的时间比较漫长。正是夏天，沙漠边缘的医院到处流淌着火焰，炎热无孔不入，穿过厚厚的砖头和水泥，堆积在走廊和病房内。

不要说走动,就只是站着,汗水也像蜂拥的蚂蚁一样,一串一串,从身体内部搬迁出来,一次又一次浸透衣衫。有几次,巴特尔深夜哭闹,哭啼的声音从另一个房间,像是一枚钉子一样,钻到我的耳膜。我起身去看——黑夜的妇产科有着一种奶腥和血腥的味道,千篇一律的吊灯像是神灵诡秘的眼睛。我推门进去,岳母早在那里了,还有护士,哄着哭个不停的巴特尔。

巴特尔嘴巴咧开,哭得脑门上的青筋都暴露出来。我心疼极了,但束手无策,只能看着护士和岳母,用喂奶、拍他和喊他名字的办法,让他不再大哭。护士离开之后,我也叫了他的名字——他还在妻子肚腹内孕育的时候,我就时常趴在隆起的白色的肚腹上,喊他的名字。那时候,他似乎很乖,我一叫他名字,他就停止了伸腿踢脚的"运动"——而这时候,他似乎恼怒了,或许还不习惯人世的光亮。

黑夜惊蛇一样流窜,清晨来了,凉爽的风大致是从祁连雪山吹来的。太阳还没有升起,我起身,儿子的尿布满是便溺。我没洗脸,就去淘洗他的尿布——夏天的水也是温暖的,清水之后,是我的揉搓的手掌,白色尿布上的污迹一点点流失——我感到一种洗浴和为自己热爱的生命服务的快乐。

在医院,有几个晚上是糟糕的,因为是剖腹产,不能开空调。到第三天下午,妻子所在的病房又住进一个产妇——我就无睡觉之地了。困了,到大病房睡了一会儿,却被查房的医生和护士发现,不由分说撵了出来。我拿了一些报纸,到阳台去睡。刚入子夜,空气依旧黏稠。躺下来,仰头看到深邃的星空,此刻的大地乃至具体的巴丹吉林沙漠都是安静的,一些生命成熟,一些事物分娩,还有一些零落和消亡。在众多的运作当中,令我感到欣慰的是,就近的房间盛放着我爱的妻子和儿子,他们在均匀呼吸,在无意识的啼哭和慢慢消失的疼痛当中,我体会到了一种诞生的神奇和愉悦。

2

第七天早上,还没办完出院手续,单位的车来了,有点儿破,我不愿意,妻子说没事。我说你刚做了手术,伤口还没有完全愈合,更重要的是,还有咱们的儿子。我让司机空车返回,叫了一辆红色的桑塔纳2000型轿车,小心地把妻子和儿子转移上去。我坐在前排的位置,叫司机慢些走。正午的戈壁到处都是火焰,阳光从车窗外打进来,不一会儿,我的裆部和大腿内侧就有了被烧灼的感觉。回身为妻子拉好窗帘,又看了看在岳母怀中安静的儿子——他睡着了,小小的嘴巴微闭,模样憨厚而又可爱。我又看了看妻子,她冲我张开嘴巴笑笑,伸手抚了一下儿子的额头。

这里是巴丹吉林沙漠西部边缘的戈壁,刚修不久的水泥路面只有6米宽。好多水泥块禁不住太阳的暴晒,热胀之后,相互挤撞。短短100公里路程,就有10多处路面大幅度暴起。前些天,在这里发生了好多起交通事故——我感到害怕,想到坐在身后的妻子和儿子,心总是揪揪的。眼睛使劲盯着路面——恨不得自己就是司机。窗外无际的黑色戈壁被热烈的阳光烤出大地的油脂,汹涌的气焰似乎失火的天堂,在我们的视野当中,快速而稳定地接连退去又迎面而来。几辆迎面而来的卡车有如庞然大物,速度丝毫不减,雪崩一样驰过。我感到可怕,接连要司机小心,慢些走。而他似乎有些焦躁——他或许还没有成为父亲,不知道我咚咚的心脏一直在咽喉高悬。一直到距离我们家不远的飞机场,我心才放了下来——这时候,我才发现,自己的身体一直是歪斜着的,腰部有点疼痛,坐正之后,才感觉稍微舒服了一些。

夏天的气息到处弥散:闷热,沉滞,迟缓而慵懒。上楼的时候,巴特尔醒来了,忽闪着小眼睛先是看了抱他的岳母,又看了白色的墙壁。还没安顿好,妻子就要岳母把儿子放在自己身边,目不转睛地看,先是微笑,继而又流下了眼泪。我看到了,一句话没说,淘了毛巾,给妻子擦汗。递毛巾时,妻子抓住了我的手,眼睛看着我,继而把头靠在我怀里。我抚摸着她多日未洗而有些杂乱的头发,想说些什么,可是什么也说不出来。很久之后,妻子问我,有儿子幸福不?我说,你们都在,我才幸福的。

我们的巴特尔静静躺在床上,看着天花板,眼珠偶尔转动过来,再转动一下,速度很慢,像木偶。我笑了——我知道,这是生命的开始,在

时间中,他会一点点成长,一点点变大,直到像我和他的母亲一样。

不一会儿,他娇小的屁股下面又是一些黑色的便溺——好像没有什么怪异味道,只是很细腻。我在揉搓的时候,一点也没有感觉到脏。那时候,我想到我的母亲——我像儿子这么小时,我的父亲大概也是这样亲手为我清洗便溺的吧——忽然有了一种做父亲的神圣感,再没有什么比热爱一个新生的生命,为他做事情更能体现爱了。洗着洗着,我就笑了起来,水珠溅到胸脯上,凉,但很舒服。

晚上躺在床上,妻子挨着儿子,我也挨着儿子。幸福之余,忽然也觉得了距离——在我和妻子之间,一个人横在那里,柔软而不可动摇,亲近而又有些疏远,这种复杂的感觉至今我也没对妻子说过,但它确实存在着。巴特尔可能还不太习惯,总喜欢哭,声音虽然不大但令人揪心,且持续时间比较长。有一天,我抱着正在啼哭的儿子,怎么哄都不行,越哄声音越是大得夸张。我有点着急,气愤,耐不住他不讲理的哭。实在气急败坏了,说了一声,再哭,就丢你出去了啊! 正好岳母和妻子听到,走过来要过儿子。岳母说,有你这样当爸爸的没?真是个二百五!

这令我羞愧——现在之所以说出来,是想将来让儿子知道:他老爸在他幼时也曾经厌烦过他,痛斥过他。但还要告诉他的是:他老爸是很后悔的,面对他的很多时候,总不自觉地想起这句话——与儿子为伴的时间越长,父亲的沉重感觉一天天加重,不仅荣耀,还有责任。没事时,抱着他看着他,心里就想:这样一个孩子,将来会成为一个什么样的人呢?他的成长又该是怎样一种过程?但有一点可以肯定,他再也不会重复我的幼年时光了——在众多的打击和羞辱,贫困和饥饿中度过,至今心有余悸——我想我会保护好他的——至于他将来会成为什么,似乎并不重要,我只是想把他抚养大,成为一个独立的人,善良的人,"怀大爱心,做小事情"的人就足够了。

至于其他的伟大和荣耀——为时尚早的梦想,我始终相信,上帝或者每一对夫妻赐予的生命,都会在人世上拥有自己的一种生活、生存乃至实现个人梦想的方式与途径。有一次,我也拿了钱币、书籍和大檐帽让他选择——我的心再次悬了起来,从内心讲,我不愿意他有很多的财产,或者做什么官,我宁愿他选择书——他爬了一圈之后,最后

抬起手掌,放在书上——我感到欣慰,再没有什么比读书——树立思想与科学创造更具有意义的了。

3

8个月的儿子长得很壮实,脸庞很大,皮肤洁白滑嫩,摸着就像一颗剥了皮的荔枝。巴特尔的眼睛虽然不大,但黑色的眼珠异常有神——清澈、美丽还有天真。身上时常散发着浓浓的奶香,叫人痴迷。我从单位回来,第一件事是抱他,亲他,把脸埋在他的小胸脯,嗅他身体散发的芳香。那时候,妻子鼓胀的乳房似乎有不竭的奶水,源源不断,经由巴特尔的小嘴巴,一口一口进入到他身体。有几次,妻子的奶水过多,儿子吃不完,挤在杯子里,妻子说我喝了也好——我羞怯,心里有一种说不清楚的感觉——用舌尖尝了一下,味道淡淡的,还有一些黏稠的物质。

能够翻身和爬的时候,巴特尔有时会自己晃晃悠悠地站起来,但不过几秒钟就扑倒了。我们不管他时,他也很开心,一个人,从卧室爬到书房,再爬到客厅。如此几个来回,大概是累了,坐在地毯上一边休息,一边左顾右盼。

夏天傍晚,妻子带着他散步,推着小车子,让他和我们一起,穿过果园的绿树,看着人,看着新鲜的花朵,还有飞翔着的鸟儿们。落日下的湖水波光粼粼,鱼儿不时跳出水面。他看得很高兴,咯咯地笑。路过卖雪糕或者小吃的地方,小小的手掌伸张着,朝向他想要的食物和玩具。

有时候,我们也带他到附近乡村——巴丹吉林鼎新绿洲边缘的村庄,黄土版筑的房屋低矮,在高大的杨树当中,总有一些柴烟氤氲而起,缠绕绿色的树冠,还有一些家畜,在附近的草滩上沐浴阳光,长长的尾巴驱赶着蚊蝇——我总觉得,绿色的田地和树木是一种美妙的视觉熏陶,会让他在无意之中,感受到天地乃至宇宙的苍茫和辽阔。走近驴子、鸡鸭或者黄牛,儿子都很好奇,伸出手掌,非要摸一下才罢手。一开始,他是胆怯的,快速伸出,接触到牲畜的皮毛,就飞快收回。

　　还有一些鸟儿,他很喜欢,听见鸣声,迅速将脑袋抬起来,在西北高蓝的天空找寻它们的踪迹——我们告诉他天空中星星、月亮、太阳和云彩乃至从祁连山飞来的苍鹰的名字——告诉他渠水来自哪里,牲畜们为何吃草,以及鸟儿为什么会飞——告诉他见到老爷爷、老奶奶以及其他小朋友应当叫什么,怎么和他们相处——尽管他不明白,但我相信潜移默化的力量。曾有一段时间,我建议把儿子送到农村去——我总觉得,一个缺少农村生活经验的人不可能是完美的——贫穷乃至物质的匮乏,乃至粮食乃至农人劳作的辛苦,会使他懂得很多我们无法教给他的一些精神和品质。

　　令人头疼的是,巴特尔从来不主动吃饭,老是拖,有时把饭菜洒掉——妻子说,baby,你不是去农村了吗?老爷爷老奶奶种庄稼很辛苦,我们不能浪费——尽管是常理,但我们不告诉他,或者迟一些告诉他——积攒而成的习惯或许很难改变。几次之后,儿子竟然懂得了,吃饭时,碗里不剩一粒米,即使掉在餐桌上,也伸出两个小指头,捏起来,放在嘴巴里。有几次,我碗里剩了一些饭,他看到,非要我吃完不可,我不吃他就张开小小的嘴巴,说好孩子不剩饭,老爸不是个好孩子(后来说老爸不是好老爸)。

　　有一次在岳父家,小姨子抱他,他不让,直到小姨子带他出去看小狗,他才动心了,扬起手臂,让小姨抱。看到小狗,他手足舞蹈,跳跃不停。我在一边看到——人和动物有着先天的亲密关系,或许是儿子觉得好玩,但其中肯定包含了某些天性的因素。

　　春天,楼后的桃花、杏花都开了,花朵的美和香味招惹了我们的宝贝儿子巴特尔,吃饭时,非要妈妈和他一起到阳台上,一边看着花朵,闻着香味,一边吃饭。没过多久,后面的邻居养了一条不怎么名贵的哈巴狗,他看到了,嚷着要,我们不许。儿子竟然摔掉了桌上的纸杯子,向我们表示抗议。

　　这一点,我是愤怒的,走过去,就要揍他屁股——扬起的巴掌很高,但落下来很轻——每次都是这样,久而久之,他就不把我这个老爸放在眼里。有时骂我是傻老爸,我问他老爸怎么傻?他说,老爸不听我的话就是傻老爸。

2004 年冬天——临近春节,我带着妻儿,一起回河北老家——在飞机上,窗口位置坐着单位的另一个同事,起飞了,儿子在我们三个人的腿上活跃异常,趴在窗口,探着眼睛往下看——那么高的空中,我看一眼就有点晕眩,他却很兴奋。那时候,他刚好 1 岁半,在徐徐飞行的飞行物上,看到了浩瀚的巴丹吉林沙漠、绵延千里的祁连雪山,还有著名的弱水河和中国酒泉卫星发射中心发射塔。再向北,他也看到了更多的河流、城市、山脉和村庄。空姐来送饮料和吃食时,我们的巴特尔连向空姐要了两次果汁和饼干——放在座前的小茶几上,像个小大人一样,看一会儿飞机下面的大地,喝一口果汁,再吃一口饼干。

4

到了北京,从南苑到西客站,车子窜来窜去,我都有点晕了,巴特尔东张西望,看夜幕中的北京车流,还特意把脸贴近玻璃,兴致盎然地看——放下行李,分别给岳母和母亲打了电话。岳母问巴特尔:宝贝巴特尔,你现在到哪里了啊?巴特尔说——北京。北京好不好?巴特尔说,都是车和车灯,还有那么多的楼房。给母亲打电话时,儿子也抢过来,说奶奶,你马上就看到我了,等着啊! 我们笑了,话筒里的母亲也笑出了声。

第二天上火车回老家——穿过熙熙攘攘的人流,安顿下来,巴特尔就不安分了——在此之前,巴特尔也乘坐过一次火车,只是他不知道而已。那是 2001 年春节,他还在妻子肚子里。这次回来,他却是一个会说话、能蹦跳走动的小孩子了——从北京向南,沿途的冬天有些枯燥,冬麦在路边的田地里萎缩或者静止成长。村镇和城市上空都是烟雾,高高的烟囱喷出黑色的愤怒,天空灰得黯淡,但巴特尔兴致不减,站在我的大腿上,一直朝外面看——偶尔的卡车或其他新奇事物,他都会大叫一声,命令我们跟他一起看——我和妻子的动作要是延缓了,他则伸出手掌,拖着我们的脸,一直引导到与他同一个方向。

邢台站到了,下车,我们在广场的台阶上等弟弟到来——车辆往来,人群熙攘,浓重的烟尘大片飞扬,令我们的喉咙发痒,呼吸受阻。巴

特尔似乎也感觉到了,伸出小手掌,捂住嘴巴。弟弟来到后,到商场买了一些东西——巴特尔喜欢的牛奶、饼干、果冻、薯条等等,还有我父亲母亲和小侄女喜欢的——出门后,冀南的天空已经被暮色收敛了,灯光乍亮,整座城市当中,洋溢着一种迷离而又暧昧的意味。

车辆在黑夜的道路上奔驰——先是丘陵,接着山峰。巴特尔似乎累了,不知不觉睡在了妈妈怀里。我看着曲折的山路,心想,等太阳再一次升起,光亮覆盖大地,我们的巴特尔就真切地看到了他父亲出生和成长的地方了——我不知道他有何感想——即使没有,无论多少年,也无论他走多远,等他再一次回来——冀南——太行山南麓的这座小村庄,会永远刻在他身体和记忆当中——每一个身体莅临的地方,都会沾染痕迹,内心的,精神的,肉体的,也会是永恒的。

父亲母亲的灯还亮着,在整体熄灭的村庄黑夜,让我觉得了温暖。还没下车,我就喊了一声娘,接着鼻子发酸,喉头哽动。父亲母亲听到了车声,打开虚掩的门,穿过猎猎有声的冷风中跑过来——母亲接过熟睡的巴特尔,回到家里,对着灯光仔细端详。直到我们走到屋里,母亲仍坐在炕上看巴特尔,用粗糙的手掌摩挲着他的手掌和脸蛋——我们吃饭的时候,母亲取下镜框里的巴特尔的照片,喃喃说,就是跟相片上长得一模一样啊!

接着,母亲又说:咱家也终于出了一个俊俏的人儿!这倒是真的,我的长相不够俊朗,弟弟也有缺点,唯独巴特尔,长得清秀,俊俏。母亲还特别注意到巴特尔的耳朵——说是咱家第一个大耳朵的人。又去摸了巴特尔的脚,说这脚好看得没法说。

夜深了,村庄一片风声,吹动着冬天的一切干枯事物,发出连串的熟悉的声响。躺下,我怎么也睡不着,眼睛盯着黑暗中的屋顶,在黑夜的缝隙,又一次看到了旧年的家具——我的大部分青春都是在这里消耗了的。这座建于公元 1987 年的房屋在时间中老了,逐渐改变了颜色,成为时间当中一处仍旧冒着烟火气息的遗迹。那些家具是我 17 岁时,母亲为我娶媳妇早早准备的——可惜我一直没用,现在,它们仍旧蹲在原地,顶上都是灰尘——它们的身体若不是母亲经常擦拭,恐怕也早就尘土满面了。

第二天,我醒得特别早,天光从窗户进来,在房间内耐心清除黑夜的残存痕迹。巴特尔也醒来了,睁眼看了一下,问身边的妈妈这是哪里。妻子告诉他说:这是爷爷奶奶的地方,也是爸爸和叔叔,还有甜甜姐姐的地方。巴特尔似懂非懂地哦了一声,表示知道了。太阳浮在东边山头的时候,我们早已经站在父亲母亲房间了,巴特尔到弟弟家里喊醒了大他1岁的甜甜姐姐,两个孩子趁着冀南冬天不怎么冷的阳光,在院子里玩儿了起来。

我看着他们——巴特尔和小侄女甜甜,两个第一次见面的孩子,一对古老家族树枝上的新枝——他们在一起玩耍的样子,让我想起好多。我知道,我们之后,这世上唯一的亲人就是他这个姐姐了。想到这里,竟然有些伤感。没过两个小时,两个和谐、谦让的孩子就闹起了别扭。巴特尔虽小,但毕竟是男孩子,先天性的霸道与嚣张,导致了甜甜的不满和委屈。我训他,他看着我,似乎也很委屈。我心软了,蹲在他面前说,巴特尔啊,杨锐啊,和姐姐玩儿要好好的,你不是老说欺负人的孩子不是好孩子吗?

他似乎懂了,也似乎没懂。看了我一会儿,一个人走开了。等我们再出来看,两个孩子又凑在一起,抓着一个小汽车玩儿,一个前面拉,一个后面追。咯咯咯咯咯的笑声传到对面的山坡上,在潜藏的岩石上反弹回来,有一种明净、单纯而又快乐的感觉。

冀南的村庄在冬天是枯燥的,北方的天空和大地几乎一个颜色,唯一安慰的是对面的森林常年青翠,郁郁苍苍,格外醒目。忽然下了一场大雪,巴特尔像疯了一样,在院子里玩儿,不让也不行——趁中午暖和,我们给两个孩子堆了两个雪人,用红枣当眼睛、鼻子和嘴巴,两个孩子高兴得手足舞蹈,笑声震落了山坡草茎上的积雪。

那些天,我们踩着大雪,先后去了大姨妈、小姨妈、姑姑和妗子(舅母)家,他们看到我们的巴特尔,巴特尔也看到这些老人——只是,我的爷爷奶奶不在了,去小姨妈和妗子家的时候,路过他们的坟茔,在厚厚的积雪中,隆起一座土堆。我的两个舅舅不在了,他们的坟茔我至今没有看到过。

大姨妈上了年纪,看到巴特尔,亲切地抱他,轻打他的屁股;小姨妈觉得巴特尔特别聪明。有一次,巴特尔看到了小姨妈养的蜜蜂,非要捉几只让他提着玩儿。小姨妈就用装蜂王的小木罩,捉了一只给他——巴特尔还想要,但不直接说,拉着小姨妈衣角,装出一副可怜巴巴的样子说:姥姨姥姨,你看,这一个蜜蜂宝宝,它没有爸爸也没有妈妈,一个人多可怜啊?

5

巴丹吉林的春天来得迟缓,杏花、梨花和苹果花先后开败,草木才发出了新鲜的叶芽。再有半个月,沙漠和风徐缓,到处都是热烘烘的春天气息。草坪绿了起来,我们带着巴特尔,在柳枝、花朵和喷泉之间照相。巴特尔很配合,每当照相,他都站住不动,还要拿捏一个很专业的姿势,像电影明星一样对镜头饶有兴趣。

在一处流水前,巴特尔停下来,小身子一蹲,伸出手掌,抚摸流水。他红色的T恤与绿草兰花一起,显得格外醒目。我不失时机,抓拍了这样的一个镜头:一个孩子,手腕上带着银子做的手镯(闪着光亮),白皙的面孔面带微笑侧向水流,手指在水中划动——还有一张是在他1岁生日那天在草坪照的——他刚会站起身子,但容易跌倒——挥舞着小手,笑意盈然地向我们扑来。还有一张是他抓了一根羽毛草,仔细端详,有一种诗人一样的抒情神态——更早时,我还偶然拍到了他在床上仰躺着,突然间清水喷溅,飞流直下的"壮观"场面。

最有趣的是,巴特尔趴在卧室台灯下——作为背景的被褥是淡红色的,他侧着脑袋,眼睛若有所思般地看着侧面的墙壁——让我觉得了爱怜,觉得少年的"爱上层楼,为赋新词强说愁"的意味。还有一张是他坐在妻子自行车后座,冲我再见的模样——那是夏天,巴特尔戴着一顶红色遮阳帽,冲我再见的神情让我看到了一种来自血缘和天性当中的调皮与温暖。有一次,我和他妈妈生气,恰好带着相机,他妈妈抱着他一路暴走,他扭头看我的瞬间,我迅速按下快门。

2003年夏天,我和妻子去张掖和山丹,看到两处大佛,还有汉代的皇家马场——焉支山。几天后回来,岳母说,巴特尔根本不想你们,只是睡眠当中说梦话喊了妈妈爸爸。我和妻子相对笑笑,心里有点惶恐——巴特尔满 10 个月时,为了断奶,妻子在家,我把他送到岳母家。我想,他发现没了妈妈的乳房和乳汁,晚上一定大哭大闹,结果却大出所料——巴特尔饿了,岳母给他冲了奶粉,放在嘴边,他没有犹豫,咕咚咕咚喝了起来。喝完,也不哭闹,在岳母怀里,呼呼睡着了。

岳父岳母对巴特尔的爱护有点过分,说什么就是什么,要什么一刻也不能等。活像我小时候的脾气。有一次,妻子也在娘家,吃饭时,巴特尔不吃,闹。妻子拉过来就要扁他屁股,岳母挡住——有人庇护,巴特尔越发嚣张。妻子越发生气,要再打,岳母又挡住了。妻子说,妈你惯,你们带去,我不管了。岳母却说,我们管就我们管——我在一边坐着,不知道说什么好。劝了几句,抱过儿子,对他说:不要惹姥姥和妈妈生气好么?那样不是好孩子。巴特尔不看我也不吭声,不到 2 分钟,就又被自己的那些玩具吸引,跑去鼓捣他的遥控车了。

巴特尔似乎摸透了姥姥、姥爷的脾气。巴特尔要一支水枪,岳父赶紧骑车到商店给他买了一支。岳母要带他去亲戚家——上车时,巴特尔非要把姥爷也带上。岳母问他为什么?巴特尔振振有辞地说:姥爷的上衣兜里有钱,能给巴特尔买好多玩具和好吃的。岳母说,姥姥也有钱——巴特尔不信,硬要岳父一同去,直到岳母把钱掏出来给他看。

对此,我不知说什么好——趋利是人的本性,似乎没有办法改变,更不能迁怒于他。巴特尔和岳母家邻居孩子玩的时候,开始很乖张,谁也不怕,即使大他几岁的孩子,也敢冲上去踢人家。但又一年之后,巴特尔似乎沉着或者说老实了很多——别的孩子欺负他,他反抗,或者跑开,站在远处的制高点上说:我老爸是公安局的,有枪。你再欺负我,让我老爸绑住你——对此,我感到不解,或者是岳母、岳父灌输给他的这种理念——我感到茫然的是,这究竟表达了一个什么样的价值观念——公安局、有枪,震慑还是威胁?

每当妻子和岳母对我说起巴特尔各种调皮表现时,我总是笑,有时候也觉得沉重——我知道,有一些东西肯定是有害的,对一个孩子的品质乃至思想的形成有着极难根除和预防的毒副作用——对此,我感到无能为力。

熟睡了的巴特尔，我忍不住亲他，掀开被子，看他光滑、干净而柔润的身体，忽然觉得了美好——对于肉体来说，除了孩子，谁还可以呢？巴特尔在岳母家的时候，几次打电话给他，巴特尔总是很忙，接电话也浮皮潦草，没说完声音就远了。而回到自己家，每次电话都很自觉——我因为工作关系，一周回一次家，儿子接电话，第一句说，老爸你在哪里啊？我想你想得厉害。你要多吃蔬菜，多吃肉，不缺维生素。其中，"厉害"一词让我惊异。还有一次，他自己玩儿，脑袋不小心撞了一下。妻子问他疼不，他说：疼倒是不疼，就是眼里星光灿烂。

"星光灿烂"一词是他从动画片《蓝猫菲菲》学来的。又一次，岳母问巴特尔：巴特尔喜不喜欢姥姥。巴特尔说喜欢啊，咋不喜欢？岳母说，为啥喜欢啊。他说，因为姥姥喜欢巴特尔，巴特尔肯定也喜欢姥姥——我不知道他从哪里学来的词汇和修辞——几乎每隔几天，都会从他嘴巴冒出几个新鲜的词汇或者修辞。有一次，在外地读大学的小姨子打电话回来，巴特尔也抢着说话，问小姨，小姨你在哪里呢？你怎么还不找老公啊？你好好美丽哦！

6

在岳母家一段时间，回来后，巴特尔似乎不大习惯，还以为在姥姥家，做事格外任性。有一次，妻子生气，打了他。晚上，几天不见外孙的岳母打电话过来，巴特尔借机抓住话筒，给岳母诉了半个小时的苦。临放下电话，还要补充一句说，姥姥你快来看巴特尔吧。我们听了，忽然觉得了歉疚。但毕竟不可以让孩子放任自流的——每一个人都要被束缚，被某些意识形态左右。我们当然希望左右他的意识形态都是正确的——建立在维护自己，尊重他人，理智而又人道的一面。

有时候，我很清楚地觉得，我和巴特尔，似乎只是父子关系、责任关系或者说朋友关系。我的教育他不听，唯一能够使他感到畏惧的人是他妈妈。这一点，我感到沮丧，男人的沮丧，但反过来想，似乎也很好——我可以安心地与他做朋友。

我累了，腰酸背疼时，放下手中的活计，到他那里，趴下来，巴特尔会跳到我的后背,连踏带踩,嬉闹不休,有时候给他当马骑,沿着卧室转几圈,他咯咯笑,我也很高兴。有时他要我倒提了他双腿,他双手撑着在地上走来走去——我的疲累迅速消散,巴特尔也很快乐。有时候我作俯卧撑,他也跟着模仿,做着做着,他猛然趴上我后背,一下子把我按倒在地。晚上睡觉,我钻到他被窝——巴特尔一遍一遍地催我说,去妈妈被窝吧,巴特尔自己睡。

从结婚到现在,虽不到6年时间,只要在一起,我和妻子从没有分开盖过被子——巴特尔从小就喜欢自己睡。我有时候睡得很晚,到卧室之后,看他,或者把手伸到他被子内,摸他的屁股、脚丫子、后背和胸脯,在耳边轻声喊他的名字。

在岳母家,岳母故意说,巴特尔,你爸爸懒得什么活儿都不干,不给他饭吃好不好?巴特尔急了,说那是我老爸,不给饭吃巴特尔给。岳母还说,杨献平不好。巴特尔迅速反驳说,你才不好呢。我老爸是最好的老爸——听到后,我总是很感动,不知道说什么好。每次从单位回来,他扑过来,抱住我脖子,使劲抱,说爸爸回来了,巴特尔想你。有时候,我回家后就忙,巴特尔跑过来说,老爸你还没有抱我呢,我抱他,他也抱我,还在我脸上亲,啧啧有声。

每次出去玩儿,巴特尔都和妈妈一起,出门前总要走过来抱抱我,很用力那种——然后说再见。有几次,我不在家,妻子肚子疼,巴特尔代我照顾。妻子后来对我说,儿子给我从饮水机倒水,见我咳嗽就拍我后背。还趴在妻子身边安慰说,巴特尔是英雄,巴特尔长大了,自己照顾自己,妈妈不要害怕。他像个大人一样,一边用小手拍着妻子的胸脯,一边说,妈妈不疼,妈妈睡觉觉啊。

责任和担当对于男孩是最重要的。岳母和妻子常说,到底是你杨献平的儿子——那么维护你。无论谁说我不好,巴特尔总是及时站出来给予反驳——这并不意味着我完全没有错误,我想肯定一点的是:有一种爱与生俱来,有一种联系使得我们与亲人之间有了万古不灭的感情枢纽。有时候,巴特尔调皮得厉害,妻子训他,他一句话不说,进到卧室,关上门,一个人生闷气。还有很多次,他做错了,挨打之后,要哭,但却不要眼泪流出来,也不要自己哭出声音,仰起脸,让眼泪流回

去——我知道他是坚强的，这说明他不是一个怯弱的孩子——但我心疼，妻子揍他时，我总是护着、挡着——有人说，教育孩子，夫妻两个要态度一致，我想也是的，但总不忍看着他挨打和哭——大概是自己小时候挨打多了(父母的打和他人的打)，总觉得再让自己的儿子挨打，受委屈，是一件令人疼痛甚至羞耻的事情。

7

2005年春天末尾，我们一家三口再次启程，去往河北老家。这次没有乘飞机。沿路上，巴特尔活跃异常，从一个床铺到另一个床铺，忙得不亦乐乎。我们则看着他，防止他摔下来碰伤。窗外的风景从戈壁开始，沿着南行的祁连山，尔后进入腾格里大沙漠，再就是黄河了，接着是银川、包头、呼和浩特、集宁和大同，到张家口南站，我抱着巴特尔下车待了一会儿，以张家口南站为背景，用手机，给他照了一张相。

从邢台向西，山川都是绿的，褐红色的岩石像是将熄未熄的火焰，在满眼的绿色当中，发出刺眼的光。因为热，巴特尔似乎没有那么兴奋了，只是信目看着。回到村庄，一下子凉爽起来。坐在母亲的院子里，头顶的梧桐和椿树绿叶婆娑，房前屋后生机勃勃，到处的茅草和树木，庄稼和野花，围绕着母亲的村庄。

飞鸟在近处飞翔，忽高忽低，啾啾鸣叫。对面森林愈发青翠了，与附近的山川融为一体。没过几天，夏天就来到了，这时候的乡村是热闹的，不仅是那些人们，还有植物和动物。侄女甜甜4岁多了，儿子3岁。但两个孩子还时常闹矛盾，有几次，甜甜不给巴特尔玩儿，和村里其他一些孩子玩儿去了。巴特尔回来对奶奶说，甜甜不给我玩儿。说着眼泪就往下掉，母亲叫了甜甜。我说不用的，孩子们的事情，孩子们自己处理吧。

母亲的院子下面有很多的苹果树，果实满缀，但还不能吃。可我们的巴特尔不管这些，眼不见，就带着甜甜，到苹果树下，眼巴巴地仰着脑袋看。可惜他够不到。一个劲儿地喊，老爸老爸，帮帮忙来。有时候我听不到，他就一直喊。我听到了，对他说那还不能吃，他不听。母亲

说,给孩子们摘几个玩玩吧。摘了几个,他高兴了,抱着青涩的苹果,快速跑开,运动小小的牙齿,一口一口啃。几天后,下雨了,我和妻子跟着父亲去玉米地除草,把巴特尔放在家里,由弟媳或者母亲看管。等我们回来,问母亲巴特尔哭着找我们没有,母亲说没有,一个人或者跟甜甜一起玩儿得热火朝天。

知了的叫声铺天盖地——也不知道它们从哪里来,叫声使得整个乡村听觉紊乱。没过多久,附近的苹果树、杨槐树、椿树和柿子树干上悬挂了不少知了皮,父亲摘了好多,给巴特尔和甜甜玩儿。没想到,巴特尔整天惦记着知了皮,有事没事就叫爷爷去找。有一次弟弟回来,还专门给他们捉了几只活的知了,用细线绑住,两个孩子一人两个,他们四处招摇,直到知了无声无息。

有一次,我和妻子陪着母亲和小姨妈,去武安的长寿村(靠近山西左权县,山上有明代设立的峻极关遗址)、北武当山(传说明代时候道教名人张三丰在此修道)和京娘湖(赵匡胤从远地将京娘送回这里后,京娘等他不来,死在附近的一座山峰上)去看,回来晚了,进门,巴特尔一脸泥垢,坐在饭桌上抱着一个馒头可怜兮兮地啃。

有一些中午,我们烧了热水,在梧桐树下给巴特尔洗澡,那时候的阳光在远处近处热烈异常,而树下荫凉,清风如洗。巴特尔很活跃,在水中乱溅,咯咯的笑声传到对面的马路上,还有相邻的村庄。似乎也就是在这一年的 8 月某日,信仰基督的母亲也"受洗"了。

村人总是对母亲说,你哪里来的福气,儿子儿媳都孝顺,还有那么个聪明孙子!母亲笑了——这似乎是对她和父亲最大的安慰了。有时候,我看着逐渐苍老的母亲,忽然间心疼。我也知道,将来,等妻子老了,儿子也会像我一样热爱并感谢自己的母亲。

岳母也总是惦记着巴特尔,我们在老家,她和岳父总是打电话,要巴特尔和他们说几句话。等我们回到西北,两个老人看到巴特尔,一口一个宝贝,一口一个好孙子,皱纹的脸颊喜笑颜开。在岳母家,巴特尔总是和姥姥、姥爷一起睡。我去了,才把他揽在自己怀里。

我和妻子闹别扭,妻子生气带儿子回娘家。再后来,妻子对我说,往外面走的时候,妻子哭,儿子则劝说妈妈不哭,咱回姥姥家还回来

呢,老爸不会不要妈妈和巴特尔的。到岳母家,一下车,巴特尔就冲上去抱着岳母说,姥姥姥姥,我有个事情给你说。除了以上的内容,还说,老爸把妈妈推倒在沙发上了——这样一来,我就有了打妻子的嫌疑,其实,我只是阻止妻子不要回家,把她抱起来放在沙发上的。

前几天,到另外一个单位办事,中午,一个人在书店转,忽然想到巴特尔的俏皮,噗哧一声笑了出来。当时书店只有我一个读者,两个售货员忍不住看了我一下。回到家里后,儿子蹦跳出来,抱着我的脖子亲亲脸颊说,老爸,我爱你!我的心忽然跳了一下,怦怦的,类似初恋或者绝处逢生的感觉。亲了一下儿子,看着他的眼睛,我也说,好儿子,爸爸也爱你!谁知道,儿子又问一句说,你爱妈妈吗?我怔了一下,忽然很感动,郑重对他说,爸爸也爱妈妈,爸爸爱你们!巴特尔笑了,跑到妻子跟前,要妈妈抱——在妻子耳边,也说出了同样的话。

很多次,翻看母亲送给我的《新旧约全书》,时常看到这样一句话:"你们要彼此相爱,就像我爱你们一样。"修女特蕾莎还说:"爱源于家庭……在现实里,国与国之间并无重大分别……他们虽然面貌不同、衣着有别,他们所受的教育和社会地位纵然有别——他们全是神和我们要爱的人。"虽然我不是基督徒,但我知道这也是一种高贵的思想。我想说的是:等巴特尔长大后,在我推荐给他读的书和文章当中,一定会有《新旧约全书》,还有这篇《叙述巴特尔》。

在春天慢慢疼痛

似乎一夜间，其实是我的茫然和疏忽，巴丹吉林沙漠的花朵们又一次次第开放，青草和树叶也不甘落后。最可爱的是果园花朵下面安静的苜蓿。除了无止的风，它们什么也不想，在漫浸的渠水中，孩子一样摇头晃脑。围墙外成排的葡萄藤长出绿叶，身体在空中悬挂。四边的马莲草一丛丛散开，与刚刚冒出地面的沙蓬一起，遮住了干燥的泥土——这是巴丹吉林一年中蓬勃的时节，很多年来，我在其中观察、行走，一次次地在水草氤氲的绿意中沉醉。

而对我来说，2009年这个春天残酷得不可一世——3月9日凌晨1时30分，父亲在南太行村庄，自己建造的房屋中，毫无波澜地故去了。卧病七个多月，瘦成一把骨头，最终华衣锦袍，奢侈而又悲怆地躺在了土下。记得临回西北时，在路上看到父亲崭新的坟墓，心尖颤了一下，胸腔里似乎一下子堆满冰凌，冷得骨头都疼。快到市区的时候，从车窗看到，一间店铺上写着"售水晶棺材"……我们怎么没有给父亲买一口呢？

不是我吝啬，而是我不知道。离开家这么多年，乡村的风习早已遗忘得一发不可收拾了。父亲故去后，很多细节和讲究都是年长的村人告知。我遇到不知道的事情，也主动询问几位长辈。记得摔瓦盆时，开始以为到坟地再摔，起灵时，一个堂哥把钻了几个窟窿的瓦盆递给跪着的我，要我摔。

到坟地，我在最前面，正要走向坟穴，负责拉我的人却让我跪在距离坟地外3米的地方，眼睁睁看装着父亲的棺材被人抬去，放在坟穴里。这时，我们还不能哭（乡俗说，这时候哭，会把自己也埋进去），妻子哭喊着向前扑，怎么也止不住。我呢，果真没哭，心里一直有个声音在说，这以后，父亲真的再也见不到了。

一个人就这样去了,从虚无到具体,从生命到骨肉,像是一股不停轮回的旋风,在世上来来去去,肉体是唯一的景象。肉体消失,一切都等于乌有。内心的疼和怀念都那么飘渺和不切实际。

　　等我回到巴丹吉林沙漠,寒冷依旧,但春天已在萌发。空气发暖,把皮肤熏得发痒。孩子们在放学路上扬着一头热汗。看着风中摇摆的柳枝,墙根冒头的草,我想,在故乡,在那片坟茔下面,父亲是我们种下的一颗灵魂。春风吹动,万物生长——父亲会不会也在生长呢?他的身体是否会再一次突出地表,还做我们的父亲?他的灵魂可否真的像传说那样万世不灭呢?

　　我和妻子老是做梦,不管中午还是晚上,每次都梦见父亲——形姿各样,就像真的一样。妻子总是在半夜惊醒、梦呓,一身的汗,扑进我怀里,用被子蒙住头,浑身打哆嗦。我抱着她,看着挤在房间的夜色,想父亲,生前、故时,乃至插满花圈和柳树枝的坟茔,肚腹胀满,胃疼,一声接一声叹息,流泪,喃喃叫父亲。

　　我想,父亲的死,已经成为我们一家人最大的心灵灾难,在我一生,这一灾难无休无止,除非也像父亲那样,安静离开,不再开口说话。这个想法异常残忍,但是无法遏制。每一个人的生都有同一个方向。爷爷奶奶之后,是父亲……这是一个链条,不约而同地奔赴,前赴后继地投入。这是一个更大的悲哀,唯一可以能使人觉得高兴的是,每一个人前面,都还有更多的人。

　　上班没过一周,接通知,请假,再一次去北京,在偏僻的昌平城郊,封闭的院子里,看到逐渐盛开的玉兰花,黄的、白的都有,在干枯的草坪上,把京都郊区的天空和大地衬托得格外素洁和哀伤。有一个中午,躺在床上,我又做了一个梦,很恐怖,一下子惊醒,但很快忘了内容。打电话回去,妻子也说这段时间以来,她一直做梦,梦里面总有父亲。

　　站在朝南的窗前,目光沿着天空下滑,在一朵白云处停住,然后向下。我固执地认为,那朵云下,一定是我的故乡,父亲的坟茔在那里伫立,亡灵在熟悉的村间走走停停,看他生命之后的人和诸般事物。

　　我总是想起父亲故去时的模样。——我和妻子凌晨赶回家里,父亲躺在原来的位置,身手冰凉。我掀开敷着的白纸,看到父亲:脱相得厉害,长脸变短,下巴掉落,干净的唇上没有一丝胡须,眼仍旧睁着,似乎一直在看着什么。我觉得,父亲故后的面相像是另外一个人,戴着一顶黑色的瓜皮帽,穿着肥厚的大衣,盖着三床崭新的被褥,在梧桐木做的棺椁内安安静静地躺着。那姿势,像一个沉睡的婴儿,又像是涅槃的高僧。外面那么吵,他一声不吭,仍旧保持了生前的沉默习性和超强忍耐力。

父亲生前,在土里、山上求生活,在田间地头抡镢头刨地,坐在树荫下抽烟,看远处近处的人,听远远近近的鸡鸣狗叫;在连绵的山坡上看护羊群,从别人手里接过钱财,手里的镰刀割下紫荆,背回来编篮子、花篓子。有些年,他和同龄人到外面打工,给人盖房子,放工后,自己挑着行李卷儿,近一点儿就步行回来,远点儿就乘车。回家的第一件事,是坐在门槛上,点根香烟,很有滋味地抽,再从内衣兜掏出一沓黑糊糊的钱,喏一声,递给母亲。

六十岁了,附近村里有人盖房子,母亲还让父亲去。一干就是半个月以上,结算工钱时,母亲接,通常会少要几百,算是送工。父亲照常在地里家里忙。母亲说,2007年春天,父亲的病已经"显苗"了,可母亲还逼着父亲把鸡粪往地里挑。父亲说,俺挑不动了啊!母亲说,不挑咋办?父亲就挂上一根木棍,一手掐着腰,嗨呀着,一步一挪地把鸡粪挑到田里。

说到这里,母亲就哭。好几次扑在父亲身上,叫父亲"老头子",然后眼泪鼻涕一大把。父亲尸首停放在屋里时,衣服上落了一层灰,母亲一遍遍用手拍打掉。我跪在灵前,一次一次地为父亲点燃柏香和蜡烛,昼夜不停,并不间断地点燃卷烟,插在堆满香灰的碗里——烟卷烧得特别快,像有人在一口口地抽。父亲生前没有什么嗜好,唯独抽烟和吃炒花生。我想,父亲一定在抽我给他的香烟,那么贪婪,直抽到把过滤嘴都烧着了还不放手。

跪在地上,我哭,喊着对父亲说,爹,献平心里有愧,献平没有照顾好你。献平回来迟了。接着叫爹,俺的好爹!父亲似乎听到了,脸上盖的马头纸轻轻掀动了一下,我抬头,看到父亲的脸,一直未闭的右眼睛似乎在看我,还像往常一样,不怒不喜,一脸黯然。从家里到麦场停灵时,

我在前面,打着招魂幡,挂着柳木哭丧棒,大声哭。过桥的时候,就大声哭着喊叫说:爹,过桥嗯,过桥嗯!按照乡间讲究,是生怕父亲跌倒或者(灵魂)落在某处。从家到对面的麦场,转了一个圆圈,路过两座村庄,很多户人家。我在最前面,低头哭,叫父亲。沿途的人都看,胆小的,在自己门前点了谷草(用来辟邪,阻止亡灵入户骚扰)。到麦场上,安顿好父亲的灵柩,我们跪下,继续痛哭。傍晚,花钱雇请的歌舞团和吹鼓手来了,很多人来看。我和弟弟坐在父亲灵前,或者跪在谷草上。外面的毫无休止的喧闹让我悲哀。我想,人活着的时候,吃苦受罪,风吹雨打,到死了,没了,却还要被这么多的人惊扰。生者何以忍心,亡者灵魂何以得安?

长辈和亲戚们说,这都是做给乡亲们看的。妗子、小姨安排我和弟弟及妻子、弟媳和干姐姐说,在麦场要使劲哭卖命哭,声音越大越长越好,要让别人听到,叫乡亲们看看你们孝不孝顺。

我觉得更加悲伤和无奈。一个人活着的时候,在村庄和家里可有可无。死了,没了,又能惊动什么呢?谁会真正悲痛,对这一个生命从内心表示惋惜呢?一个人的生命到最后不是受到虔诚的尊重,且还要如此花样繁多地打搅。一个人在乡间数十年的生命存在及其价值,到最后却只能被子孙的哭声和"排场"大小来计算衡量……我看着父亲的棺椁,外面的歌声和笑声淹没了夜晚的一切,像是一种蓄意已久的覆盖和抹杀。

母亲说,11年前,奶奶死的那天,灵柩也停放在麦场上。那时候还没铺水泥,满地黄土。晚上,大雨滂沱,父亲和弟弟把奶奶的棺椁盖住,两人在泥坑里泡了一夜……除了雨,就只有奶奶的亡灵陪着他们。我想,现在,父亲故去了,他那么善良和卑微,上天应当会有所表示的。果不其然,他们正在歌唱、蹦跳、欢笑的时候,雨越下越大,越下越猛。但歌舞照旧,很多的乡亲们打了雨伞,津津有味地看。几个乡亲和表弟拿了雨布,帮我们盖住棺椁。夜里十点多,歌舞停止,人群散去。除了沥沥的雨声,大片的黑夜,万物无声,抬头不见一粒星星。我从内心觉得了安慰。对孝服同样濡湿的弟弟说,这就对了,本来就应当这样,这是父亲对我们的惩罚。唯有这样,心里才好受些。说完,还特意走出细雨中,在空旷的麦场上站了一会儿。

夜雨把山川笼罩,把灵魂洗净。唯有自然才能表达对生命的重视、珍爱和怜悯。唯有被惩罚,才能减轻负罪和失去父亲的痛苦。我想,我们父亲的一生,虽然籍籍无名,知道他名字的人不过数百个,恩惠不过十数人,但他也是一个人,一个高贵的生命。他的死同样可以说是"人类自身的损失"——所有人的夭亡都是我的夭亡,所有人的痛楚都是我的痛楚。这是一种境界,如果每一个人都会如此深刻和悲悯,那些所谓的"仪式"和"排场"将不会在亡者灵魂前发生。

第二天,歌舞和吹奏声照常上演,观看的、忙碌的、吊唁的,像是不约而同参加某种集会。我在父亲灵前看着,忽然觉得心疼和愤怒,为父亲,为这些忙忙碌碌、龇牙咧嘴的人。任何人都逃不脱死亡,现在观看他人,尔后是他人观看自己。我觉得了一种"合情合理"的残酷和冷漠,一种对生命和灵魂的轻视——这是一种固有并且传之久长的"习性",生者在死者面前取乐,获得愉悦和享受,而逝者,在狭窄的棺椁当中,又该是怎样的心情。

在村里,人人都说父亲"老实",是个"好人"。一生难说1000句话,对任何人、任何事都不发表意见。在他去世之前,我也这样以为,可到他真的"不说话"了,想起他以往的种种细节,我发现,我们都是错误的。其实,父亲心里有本账,他比我们家乃至周边的任何人都"聪明",他不说,是他明白,他不表达,是他觉得没有必要。他是一个以超强忍耐力对繁杂乡村世界及"人群"利益纷争采取"不合作"态度的人,是一个用沉默的外衣完成自己在人世独立人格和姿态的人。

村里长辈说,父亲年轻时很调皮,凡农事都会做。还时常给关系不错的堂嫂子们开玩笑,拧怪话。患病七个月,远远近近的亲戚和乡亲都来看他。他去了,很多人都叹息着说他是个好人,甚至说"咱们村里最后一个好人"没有了。"死者为大",这句俗语是南太行乃至中国乡村,所有生者对亡者最大的尊重。每一个灵魂都需要拜谒,每一个生命都应得到发自内心的尊重。

第二天早上,天气放晴,雾霭在对面的森林里,将高耸的山峰缠绕得像是仙境。起灵时,我们这些"孝子贤孙"被带到灵棚外,向父亲跪下。我接住瓦盆，看了看，双手扔在地上，哐当一声，直击耳膜。帮忙的人拿了绳索，捆绑了父亲棺椁，抬到拖拉机上。

我抱着父亲的遗像，打着招魂幡，挂了哭丧棒，走在队伍最前面，低头哭。我想父亲就要被送到野外了，就要在爷爷奶奶的骨殖前成为另一个崭新的亡灵了。我明显地觉得了一种疼，来自心，来自骨头。我哭我的好爹、苦命的爹、忍耐的爹、舍不得的爹、再也没有了的爹。几次，我返身跪下，扯着嗓子，要喊破一样，喊爹。后面的人一直在催，我只能被人架着，引领着父亲的亡灵，向坟地走。

在路上，我哭喊，我不想整个世界听到，只想父亲的亡灵听，不想更多的人看到和联想，只想父亲在天上看。从对面路上，我看到母亲在家院子里哭，在地上打滚，一声声喊她的"老头子"。我的鼻涕眼泪落在白色孝服上，招魂幡在风中使劲拉扯着我的手。到坟地下的马路边，我下车，跪在迟到的父亲的灵柩前。我再次喊爹，喊俺其实不傻的爹，好爹，心里有本儿明白账的爹。

后面的弟弟、妻子、弟媳、干姐姐等也都大声嚎啕。

父亲的灵柩到了，红色的棺椁，像一座山，在拖拉机上，载着一个人的肉体和灵魂。我觉得震惊，猛然想，一个人的最终竟然以这样的方式离开——围拢和送行的人群当中，唯有他毫无知觉，不闻世事，不计得失，是那么安静和自由。

灵柩到马路边，再向上是小路。他们拉跪着的我，让我起身，带头往坟地走，我哭着，引着父亲，向他早已知道的墓穴所在地走。爬上一面坡，再路过几块麦地，赫然张开的坟穴像是一张兽口，那么安静而又残忍地等待父亲的肉体和灵魂。

他们把父亲放进去，叫我去铲头三锹土。我止了哭声，跳在父亲的棺椁上，从左边铲了两铁锹土，又从右边铲了一铁锹，放在父亲身上。然后，跳到空地，向着填埋父亲棺椁的乡亲，重重跪下，请他们帮我把父亲埋好。

在炕上抽烟、呻吟、说笑和张望的父亲不见了，家里一片空荡，母亲眼睛红肿。我看到，墙上父亲的遗像比以往更生动，更睿智，更自在，更威严，不论从哪个角度看，他都能看到我。当晚，躺在床上，我看四边

在春天慢慢疼痛

的墙壁上，都是父亲，微眯着眼睛，穿着我在兰州给他买的那件中山装，直立着，不眨眼睛地看我。

或许，父亲仍旧没有离去，他在我们家的每一个地方，用从前的沉默眼神看。他再也不用下地干活，不用出外打工，不用呻吟出声，也不再对母亲和我们大声说话了。他完成了在世间的"功业"，成为灵牌上一尊端坐的神。

第二天，和弟弟一起去"后代"（母亲的娘家人）家"谢孝"（乡俗，带麻花去"后代"家致谢），妗子和嫂子、表哥都说，生前，恁们都对恁爹不赖，他去了，心里也没愧见了。我嗯嗯着，心里想，对父亲，我可能是不孝的，尽管在他病重期间多次回来，陪在他身边，但是，这也不过是个形式。如果能延长父亲的生命，使他真正好起来，健健康康地再活几年，和母亲做伴，让我每次大老远回来进门就看到他，叫他爹，这样似乎才是真的孝顺。

回来路上，我对弟弟说，这以后，咱俩就是没爹的孩子了。弟弟嗯了一声。回到家里，我又对妻子也说，我以后就是没爹的人了。妻子嗯了一声，叹息。在村里见到其他的亲戚和乡亲，都对我说，恁对恁爹不赖啊，伺候到了，花（钱）到了，丧事也办得挺好。我说我心里有愧，对不起俺爹，以前总以为爹年纪不大，病灾不会来得这么快，谁知道……他们说，这没办法，每个人的命都是有数的，谁都要过那个时候。我听了，咧咧嘴角，站在院子里，看着冒出芽尖的椿树树枝和地面上返青的茅草，不知说什么好。

第三天，去给父亲上坟，我和弟弟带了铁锨，给父亲平整了坟茔。大概是夜里刮风的缘故，父亲坟上的花圈有些散开了。白花伏在崭新的土上。哭丧棒插得不够深，我逐一朝里面按了按。好让它们趁着春天，在父亲身上和灵魂中成活，长成参天大树。然后重重跪下来，点燃纸钱，呼呼的风，把黑色的纸灰吹成蝴蝶。我点了七根香烟，插在父亲的墓石之间，又给爷爷奶奶点了七根——它们呼呼而燃，烟灰直立，风吹也不倒。

我们哭，我趴在左侧，趴在土上，土下是父亲。妻子、弟弟、干姐姐和弟媳妇等都跪着趴着哭。哭声在山坳激荡，被翻地的乡亲听到，在山

145

顶的枯树枝上缭绕。我哭苦命的父亲,说自己想父亲,舍不得的父亲,哭,下辈子还要怎做俺爹俺的好爹……再几天后,去烧"头七"纸,看到父亲的新坟,肠子似乎被剪断了一样,拉扯着疼。再一次趴在土和父亲身上,我哭,哭,哭父亲的一生,父亲的苦和悲,疼痛和忍耐,沉默和委屈。

走出好远,回头再看父亲的坟茔,若不是白色的花圈,和周边的山坡和田地没有什么区别。沿途间,也有几处坟茔,有的竖了墓碑,有的只是堆了几块石头。年代久的已然缩小,刚去世的似乎庞大一些。

晚上,妻子做梦,梦见父亲给她说话,特别清晰。醒来,复述给我。父亲对她说:"咱家人话儿多,事儿也就多,都缺乏忍耐力。啥事都是一样儿,忍一忍就都过去了。很多事儿你不说就没事,说了就是事儿。有些话不如不说,有些事儿做了反而成坏事。看看、听听、想想就行了,不碍大事的事儿不做不说的好。"

这些话,再一次证实了我的判断,父亲并不是"老实""不惹人"的"好人",而是对任何事情都采取了忍耐的态度,对任何人事都保持沉默。他让他们与他无关,让自己躲在人群中而不被发觉,重不重视是别人的事,他用眼睛和心灵,做出自己的判断,但从不告知任何人——有几次,去邻村偿付父亲的医药费,在马路上,远远看到父亲的坟,心揪着疼。我想:坟茔就是每一个人的最终。而每一座坟茔也都会含纳一个人,他的身体决定了他在俗世的一切,而他不息的灵魂及后世子孙的"记得"、"祭奠"和"怀念",才是死亡的真实及永恒的所在。

清明节前,我仍在北京。想回去祭奠父亲,母亲在电话中说,弟弟和干姐姐等人提前一天去了,你刚走,就别再往回跑了。组织单位也不放假,我也就没有回去。但总觉得心里不安,距离这么近,三个小时可到,可我却没回去看父亲,实在是自私。第二天,我生日。和鲁青坐在饭馆,喝了一瓶啤酒,起身后,忽然觉得晕。两个人步行到住宿的地方,沿途的柳树绿意垂拂,旁边的田里麦子整齐成长。有几只飞的很高的鹰隼或者别的什么鸟儿在蓝色的天空中保持飞翔的姿势。我对大门的卫兵说,看那鹰,并扬手指给他——算上我和鲁青,三个人在灼热的日光下,同时张望高空的鹰。

在春天慢慢疼痛

　　低头的时候,我想到生命的自由和灵魂的轻盈,越过草坪,到大厅,却又忽然想到生命的短暂、不可逃脱乃至丧失的悲痛。那一夜,和许多朋友喝了一些酒,半夜渴醒,睁眼就想到:我就要40岁了,如果活到70岁,就只有30多年的时间了……我知道这个念头是父亲引发的,我对自己生命的计算也是以父亲作参照,且多算了几年。

　　这令我沮丧,悲哀如毒草蔓延。我躺在那里,浑然忘记了口渴。只觉得自己像是一个在空中悬浮的叶片,与苍蝇、飞蛾没什么区别。在大地上,人和蚂蚁昆虫形体各异,但命运雷同。我开始回忆,旧年——其实也就是几十年前,那个自卑但却举止癫狂,有时也不可一世的人,他的想法和作为看起来是那么狂妄和无知。他崇尚的荣誉、追求的生活乃至比天还高的梦想,都不过是一些半空掉落的羽毛,轻盈但近于虚无,美妙却没有任何重量。

　　两天后,车到秦岭,满山的绿,浑浊的河水载着新旧参半的村庄,从危崖和田地之外奔淌。山上的紫荆、野杏花、茅草随风鼓荡。金黄的油菜花片片开放,在视野内外,把灰暗的原野照耀得就像天堂。到天水,一树梨花占据一座庭院,孩子们在泥地上奔跑,四面的黄土山上,零星的牛羊像是百年不遇的过客,随着飞驰的列车,逐渐消失在原来的地方。

　　我知道我也在消失,就像过往的城市和村庄,山川河流,人类的痕迹,乃至亡故和存在的生命——每一个细节,一个眼神,一句话,都注定是过去的。到兰州,过黄河的时候,我用手机在诗歌中这样说,"我觉得自己正在遗失/在黄河上游,滩涂柳丛之外/命运一样越走越远,也越走越深"。过乌鞘岭隧道,我想到躺在地下的父亲,在遥远的村庄外围,他是孤独的一个人。一颗灵魂,在黑夜,谁为他点灯?

　　四月初,2009年,第三次从故乡和京都步入巴丹吉林沙漠的时候,我只是穿了一件衬衣,沿途的村庄之间,梨花开成诗歌,桃花比梦境还红。戈壁上飘动着稀疏的骆驼刺、马兰花、梭梭,红柳都萌芽了,在干燥的沙土上,像彻悟的神祇,望着永不可及的天空,无所忧虑地生长。很多的坟茔坐落在寥落村庄外围,墓碑和石头,是最基本的构成。那些亡者也像我刚刚逝去的父亲,成为人世必不可少,简单而又隆重

147

的一道风景。

　　我想我应当好好做些事情了,以前都是荒废、飘忽。从现在开始,要学会忍耐和沉默。有父亲在,总以为自己还年轻,往后还很长。以前,自己那么容易受蛊惑、爱冲动,在物质世界中像是一只热烈的蚊虫,追着丰腴的、光鲜的和显赫的叮。父亲的死,让我的灵魂一下子沉静下来,而且沉静得前所未有——看的和想的多了——明亮的表皮下隐藏着病变,堂皇的冠冕戴在原本不需要的头上,那些台前蜂拥的人,只知道笑,而在台下,在幕后,在底层、旁边甚至远处,有一些人在笑,但不咧开嘴角,没有声音,也不轻蔑。他们只是保持一种笑意,把这个世界及拥挤的人笑得无处藏身,而又浑然不觉。

　　在这个春天,或者从这里开始,我注定是疼痛的,父亲的故去,以及故去后的种种遭际、思想和情境——我想我再不是以前的我了,父亲之后,我是一个没了父亲的人,就像一座四面漏风的房屋,一棵孤立于荒野的石头、一棵连根拔起的树。这一生,我再也无法喊爹了。母亲说,父亲生在三月,也逝在三月。所不同的是,他的生日在农历三月,故在公历三月。我不知道这是不是巧合,但最大的现实是,父亲不在了,虽然在故乡,可距离……我们之间如此亲近却又那么遥远。

　　我的生日也在农历三月,以前,母亲老说,父子俩生日都在三月,要是孙子也生在三月的话,就会很好(世俗命运)。可是,父亲却没有了。从3月9日到4月16日,像是一个世纪,漫长而又煎熬。这时候,南太行的故乡早已满山绿意了,播下的种子已经悄然发芽,麦子向成熟和被刈除加速前进。河里越来越少的水继续敲着堆砌连绵的石头,向着低处流动。

　　巴丹吉林沙漠也是的,一年中最好的时节徐徐展开。忽有一天,看到雇来的农人将小区成行的柳树头部枝杈一一锯掉。新鲜的叶子只好跟随树枝,在人的拖拉中,被装上三轮车,突突地转弯,消失不见。柳絮掉落一路。儿子回来问,为什么要把树都锯掉?我看了看,无言以对。最好的解释可能是树枝顶住了高压线,或者这种柳树本来就要这样反复被锯掉,才能更好地活。

　　有几天夜里,沙尘暴再次来袭,但比往年要轻得多,窗外到处都是摩擦的响声,风把很多互不相干的物体拉在一起,在人迹稀少的黑夜,将沙漠的土尘带向更远。无人知道它们的踪迹,就像亡者的灵魂。或许无处不在,或许子虚乌有。每天打电话给母亲——说去干姐姐家住了几天,在那里赶集,或者帮着做零碎活。回到家,我劝她再去另外几个亲戚家住一段时间。

母亲总是说,别惦记我,都好着呢。可一听,她的嗓音不对。才对我说,嗓子上火了,长了一些小疙瘩,不碍事。弟弟给她输了几天液,干姐姐也给她输了几天。我说等弟弟的事情过去了,就来我这儿吧。母亲一直说,过了秋天再商量。我说,你不来我十月就回去拉你!母亲说,再说吧,再说吧……我似乎知道母亲为什么不愿意来,又似乎不知道。每次想到这个问题,我想,父亲亡故,最悲伤的人当是母亲,我的悲伤和不安是另一层的,而母亲,则是牵肠挂肚的哀恸。

或许,我不能真正理解母亲,我们的悲痛可以找人诉说,而母亲,没了父亲,她只能闷在心里。在这个世界上,可以放开说话的……只有父亲。父亲去了,到处都是她一个人,即使儿孙围绕,身在街市,可有谁能够让她的内心也像这春天一样繁闹呢?

在这个春天,风还朝着去年的方向,人还是那些人,更远处的,总是在消失,在诞生。而我,真正的疼痛似乎从出生的那个春天就开始了,只是不够明显。2009 年的这一个春天,好像是一个加强,一个开始,在春天,我在慢慢地疼,从父亲亡故开始,在渐去渐远的个人生命当中,像是一滴水,从滴落的刹那,似乎就没有了尽头。

再醒来,又一天的阳光把我照见。我感到幸运。骑着自行车,与同事们一起上班,生活还像往常。无数次想起父亲,心猛然收紧。再看一些人和事、建筑,乃至植物和景观,总觉得它们在无休止地晃动、脱落和深陷。

日落时分,飞鸟超低空掠行,鸣声清脆,零星的海子边沿,芦苇新生;扭曲的沙枣树嫩叶发灰。盛开的花朵们把空气摇曳得格外黏稠,到处温热。半夜惊醒过来,想到的问题与在京时一般无二——我叹息一声,窗外的月光透过粉红色的窗帘,把我的身体映照得空洞而又卑微。有风吹过不远处的新叶,轻轻的哗哗声,似乎是一种隐蔽的朗诵。

有一种悲伤在劫难逃

2011年元旦放假前一天，儿子回家时拿了一本杂志，指着那本杂志在封底选载的让·弗朗索瓦·米勒的油画《嫁接树木的农夫》中正在修剪树枝的农夫说："老爸，这个人就像你，那个女的像妈妈，她怀里抱着的孩子像小时候的我。"我笑笑，说，就是的。可儿子又说："不对，农夫看起来比你能干，也比你年轻。我妈妈也没有那么胖。"我又笑，说："这是油画，一个法国人画的，我们一家都是中国人，人种不一样，当然不像了。"

放下杂志，儿子忽然问我："老爸你几岁了？"我猛然一惊，想到自己的年龄，心里闪电一样袭来一道凉。我笑笑，努力挤出笑容，对儿子说："老爸今年38岁了，不过，按照河北老家的方法计算，就40岁了！"儿子听了，不假思索地说："不可能！老爸20我8岁！"我呵呵笑了一下，抱住儿子说："老爸还是20岁该多好。"儿子说："老爸你就是20岁！老爸不会老！"

儿子的这句话让我温暖，紧接着是沮丧。忽然想到：儿子一天天长大，我在一天天变老。当他如我这般的时候，就又几十年过去了。到那时候，我垂垂老矣还好，还可以和他们在一起，只怕……忍不住又想起自己的父亲。父亲只活了63岁。从1946年3月14日到2009年3月9日，其忌日差5天没和自己的生日撞到一起。——放下儿子，我悲愤莫名，钻到自己的房间，脑子里晃动着父亲生前的模样，想大哭出声。

这一年多来，我依旧在悲伤之中。这悲伤构成了我在2008年到2010年这一时间段首要的精神苦疼和现实情绪。看到和父亲年龄差不多或者更为老的人，还在路上走着，或者做各种各样的事情，我就想：他们还都活着，而我的父亲却早早没了。有几次看到小区物业雇请的几位大致七十岁上下的老人在清理树沟或者翻检垃圾,也会想:那个人是我的父亲多好。我可以帮他翻检、干活,或许会怪他不要这么辛苦。……走到近前,明知道那不是自己的父亲,脚步还不由自主地转到他脸前去证实一下。

躺在床上,或者坐在某处,也想:父亲要还在,我一定把他接来,母亲再催我也不让他回去——回到家里,他就是干活,像一架机器,从没休止,即使他自己想罢工,只要母亲一唠叨,就得哎呀一声,从门槛或者石头上皱着眉头痛苦地站起身,继续去做母亲指派的活计。

也可以说,在我们家乃至村里,父亲都是一个毫无"自主权"和"尊严"的男人,一辈子都在劳动中过活,有一天不劳动,就像是过了一个盛大节日,而母亲总是见不得父亲闲坐,吃罢饭,放下碗筷没 5 分钟,母亲就说,哪儿哪儿的地还没有翻松,哪儿割下的柴还没背回来,或是院子的墙壁哪儿塌了,再找些石头垒起来吧!如此等等,父亲似乎是我们家一件"万能物品",啥作用都要起到,啥事都要做——在母亲眼里,父亲似乎就是干活儿的,而且一直用"暴君"的作风,来压榨她唯一的"人民"!

这种压榨合情合理,而且还有着堂皇的理由和被赞美的契机。母亲说:人就是挣着吃的,不是躺着活的。在她看来,人只要活着,就得动弹起来,干活吃饭,天经地义,不干活吃饭活着就等于浪费。——在村里,都知道父亲老实,"吃粮不管闲",不仅在家里从无发言权,在村里,也没有一个人就关乎各家各户利益的事情征询一下父亲的意见。父亲是一个人,但在其他人眼里,是一团空气,需要的时候出现,不需要,即使站在面前也可以被视而不见。

可就是这样一个人,现在也在世上找不见了。——现在,他被泥土覆盖,母亲再大声唠叨他也听不见了,更不用哎哎呀呀地疼痛着伸直腰杆,去做那些非他不可的农活、累活儿了。——埋他的地方我小时候去过多次,距村五华里,下面是麦地,上面是草坡,再向上是次第隆起的山岗。他就在坡根。在他上面,沉埋着爷爷奶奶的尸骨。那里草木繁茂,一个夏天不去看,蒿草和荆棘就形成一片密不透风的幕帐了。

父亲的一生,时常让我想起不断推石上山的西西弗。他一生都在

卑微甚至卑贱地劳作着,以力气、血汗换取活着的资本。现在想起来,父亲是悲壮的,如阿尔贝·加缪在其《西西弗神话》中所说:"西西弗是个荒谬的英雄。他之所以是荒谬的英雄,还因为他的激情和他所经受的磨难。他藐视神明,仇恨死亡,对生活充满激情,这必然使他受到难以用言语尽述的非人折磨:他以自己的整个身心致力于一种没有效果的事业。"

这应当也是对一个农民甚至农村个体劳动者命运形而上的诠释。但他自己却不会意识这种劳作的意义,这只是在为一日三餐乃至整个家庭做一些必然的付出和挣扎,于任何人乃至集体和"大局"无关。——作为他粗通文墨的儿子,我应当最大限度地理解他,并在他死后时时念想、悲伤,反复说一些关于他的话(其中有实录,也有猜测和梦境)。

近两年来,我时常做梦,梦见各式各样的,和父亲在一起的情景。有一次我梦见父亲回家了,把我和妻子叫到侧屋,说:"家里的事情就交给你们两口子了,以后好好照顾家里的每个人。"妻子说:"爹,你坐坐,我去做饭。"父亲说:"不要做了,我和一群人去山西,他们在摩天岭等我。"说完,一个纵身,就从窗户出去了。到对面山坡上,还回头看了我们一眼。我大声喊:"爹,你没带钱!"父亲笑笑,从衣兜里拿出一沓钱,扬扬说:"上次你们给我的还没花掉呢。"说完,又一个纵身,不见了人影。

还有一次,我梦见自己和父亲躺在曾爷爷的房子里,而且还在屋地上。我一直叮嘱自己说,千万不要睡着,睡着了爹就死了。可我就是不争气,不知不觉睡着了,醒来,一看父亲,果真没了鼻息。我大哭,扯着嗓子哭,直到把自己哭醒了。

再一次,我梦见自己一个人坐在父亲坟前,头顶的太阳一点儿都不亮,好像是月亮。我坐在那里抽烟,虫子的叫声很大。后来我饿了,从一边地里掰了几个玉米穗子,点火烤玉米吃。可哪儿也找不到火。正在着急,忽见父亲拿着一个红色的打火机,从地上摸了一把干茅草,啪的一声就点着了火。父子俩一边烤玉米,一边说话。父亲说,以前的时候人能有个烤玉米吃就很好的了,他小时候吃过糠秕,还有苗苗草、榆树皮、观音土。

最近一次,梦见父亲和几个老人坐在村子中央的一座老墙根下晒太阳、说淡话。那几个老人我至今记得清晰,我小的时候,他们就时常坐在那里。一个是一生没有儿子的堂爷爷,个子很高,说话像是唱戏,抑扬顿挫,四肢还做着各式各样的姿势;一个是那位孤寡多年,但读了一肚子四书五经的堂奶奶。从我记事起,她的腰弯曲到呈六十度,走路时头探在前面, 粗布遮掩的屁股和从小就裹起来的小脚落在后面;一个是我的爷爷。40岁或者稍晚时候,他的眼睛失去光明,一根木棍伴随他后半生,死了后,才彻底丢下;还有一个是辈分低但与我爷爷年纪差不多的伯母。

就这么几个老人,一到冬天,就聚在村子中间一座阳光充足的石头房子根儿下,你一言我一语地翻检以往,说村里的人和东家西家的事儿。当然,他们还说到邻村的与他们同龄人的命运。

父亲和他们一起,那位堂爷爷说:人到时候就得死,这是老天爷定下的规矩,凡人没法(改变)。读过私塾的堂爷爷吧嗒吧嗒干瘪的嘴唇说:人都是被老眼儿(时间)像玉茭麦子一样割掉的。父亲坐在那里,不说话,一个劲儿抽烟。不知过了多久,父亲对怀里抱着拐棍的爷爷说:爹,天不早了,咱回家吧。爷爷说:回就回。父亲上前,扶起爷爷,又拉了他的拐棍,却沿着村中街道朝没有人家的后沟走去了。

做这些梦, 每次都觉得身临其境, 真切得似乎就像刚刚发生过一样。

2009年8月,父亲刚刚去世不到半年,母亲一唠叨,弟弟就生气,就摔手机,有两次还砸了摩托车。弟媳妇也见不得母亲唠叨,母亲说得多了,就大声和母亲顶嘴。

母亲怕我生气,不给我说,就是自己生气,哭,实在憋闷了,就到小姨或妗子家待一天半天。有几次,我打电话,听她声音哑哑的,情绪低落,就套问她。她才一五一十地对我讲。

妻子说:"让娘来咱这儿吧。"我也想:弟弟两口子虽然结婚十年多了,父亲在的时候,地替他们种着,后来养了鸡又是爹娘起早贪黑。掏粪、捡拾鸡蛋、早起喂鸡,都是父亲的活计。乡人说:人不当家不知柴米贵,人不受穷不知道一分钱能难倒英雄汉。长期的"荫庇"会使孩子们丧失基本的生活能力。

2009年8月初,妻子回老家,在家里待了几天,然后和母亲一起来到西北——巴丹吉林沙漠西部边缘——我的工作单位。房子宽敞,我特别高兴。对母亲说:"让聚平两口子锻炼一下,就知道老人们对他们的心了。再说,人总会有没的那一天,再好的爹娘也不能看护一辈子,总要独立过时光的。"娘说:"谁说不是嗳?可就是放心不下,办鸡场的借款还没还呢,要是那两口子再不做而当(即不珍惜自己的财物),啥也不成,他们的时光以后可难过了!"

妻子说:"爹刚不在,想想爹给家里做的贡献,又一辈子没好过过一天,当孩子的心里有愧。"母亲说:"他就那个命!"我一听,心里腾起一团火,说:"命,命,你就知道啥都是命?可就没有想到俺爹多可怜,辛苦一辈子,就那样没了!弟弟也三十多的人,又有三个孩子,你能管他一辈子?这时候不让他们独立起来,以后可就成了大愁事!"

母亲说:"也是这个道理。可俺就是放不下心。孩子是娘身上的肉。"我叹息,心里也知道,无论我怎么说,母亲还是放心不下弟弟一家。我对母亲说:"要是俺爹还活着的话,家里的事情你就能放心了。"说完,又是落泪。母亲说:"别想了,他不在了!想也没法儿!"我说:"人不在就不想了?只有人不在了,才觉得他的好,才觉得我这个长子没尽到责任。"

母亲说:"人老了,终究要死。11年前,你奶奶死了,8年前,你二舅死了,3年前,你大姨妈也没了,这不,现在,你爹死了也快半年了。"诸如此类的对话,几乎每天都在家里回响。

早上,我去上班,母亲还没起床。路过她房间的时候,我觉得心里特别温暖,母亲还在,我想我还是幸福的,还是个孩子。想到这里,忍不住笑了一下。

有时候加班到很晚,中午不休息。母亲说:"这么忙,不歇会咋行?"后来,母亲见我一直唉气连连,问我咋了?我说:"自从俺爹生病以后就这样。总觉得对不起俺爹!自己给自己生气。"母亲说:"人要死,能留住吗?再说,他病了好几个月,你和你媳妇回家照看得不赖,村里人都说你们两口子挺孝顺,也算对得起恁爹了。"

第二天早上,母亲和了一点儿发面,然后烧成黑的,擀碎,让我每天早上喝一碗。说是可以去暖气,通肠胃。——这土方子果真有效,一个星期后,我鼓胀近两年的胸腔觉得好受多了,有一种塞满而又掏空的轻松感。

妻子带母亲去买菜,拎着她胳膊。熟悉的人问,妻子就说:"这是俺婆婆。"娘大半生吃素食,妻子做饭每次都单另炒一两个素菜。周末带她去酒泉、嘉峪关转转,让她高兴一点儿。可一旦闲下来,母亲就说:"能不能给俺找个活儿干,一个大人,光坐着吃?"我说:"娘呀,你就好好待着,想要啥给我说,我给你买!这么大年纪了,让你去干活,叫俺的脸往哪儿放?"

可母亲不听,非要找活干,挣钱。说:"我一个大人,自己能挣钱,总花你们的,添负担。"我和妻子嗔怪她见外。母亲却说:"人就是挣着吃、干着活的。身体好好的,不干活咋行?"有几次,她自己去找,和一个负责种花的老太太说,她给人家帮忙,一个月能给算多少。老太太说:"倒是可以,可就是怕您孩子不答应。"母亲跑回来和我商量,我一口回绝了。说:"你儿子又不缺你吃穿,去给别人打工。"母亲叹息。过了几天,她又想去物业干,还说:"那里都用的是老头、老太太,每天这里扫扫,那里转转,管吃住,还给1000块钱,也挺好的。"我说:"夏天大中午就在外面晒着,冬天下大雪还在外面铲雪。我能让你去受那个罪吗?你花钱,我给你!"

我心里也知道,母亲是想干活儿的。多少做些活计,她心就不慌了,也对身体好。母亲是干惯活儿的人,大半生都在泥土里滚爬,在屋里屋外忙碌,一旦闲下来,就觉得浑身不自在。我和妻子不愿意她去给别人干活儿,一个是碍于面子。在这个单位,人都是抬头不见低头见的,一旦有人看到母亲汗着累着给他人打工,脸上挂不住。二是母亲本来就很操劳,到这里来,就是让她休息休息,养养身体。

春节前几天,我通常加班到凌晨4点多,回到家里,开门,路过母亲房间,听着她的鼾声,几次流下泪来,但心里是充盈的。大年三十,母亲和妻子包饺子,我和儿子玩儿。晚上一家人围在一起吃饭。正吃着,

母亲对儿子说,锐锐,过了年了,你再不是 7 岁,是 8 岁了。儿子说:奶奶你几岁了? 母亲说,奶奶老了,奶奶过了年就是 63 岁了。

我和妻子相互看了看,笑了笑。低下头的时候,我也想:我又长了一岁,再也不是去年的那个我了。时间真的像小时候听老人们经常说的那样:"人是被老眼儿割掉的。"蓦然觉得悲伤。放下碗筷,和儿子到外面燃放礼花和鞭炮,儿子看着地上和空中的烟花,捂着耳朵咯咯笑。我想起自己很小的时候,也是父亲带着我,在乡村黎明的院子里一次次点燃鞭炮,那种高兴劲儿,至今还觉得美好。

可美好的总是很快消失。多年前是父亲带着我燃放鞭炮,现在是我带着儿子。这之间也不过 30 多年的时间。30 多年间,我从孩子长到现在,而我小时候熟悉的亲人却一个也找不见了。——爷爷奶奶,大姨夫、大姨妈,大舅、二舅。就连长我 6 岁的表姐,还有她唯一的儿子,不过 13 岁,也死了。还有我当年的同学,也有好多人没了。其中一个是被炸药炸死的,一块皮肉都没留下。还有一个是十多年前患癌症死的,也不过 30 岁。还有一个在铁矿下砸死了。有三个也都死在了煤矿和铁矿下面。

新年第一天的太阳落在身上,并在积雪上漾着刺眼的光。我感到幸福的是,我还在这世上,和母亲,和妻儿一起……要是父亲还在,那该多好! 初二去给岳父母拜年,坐在家里,还有小姨子和她的丈夫,我也觉得特别美好。吃饭时,母亲夹给我菜,我也夹菜给母亲。母亲不吃肉,岳母也专门给她做了素菜。儿子和其他孩子们一起玩儿,燃放鞭炮或者你追我赶。

初五,我和妻儿,带着母亲和岳母去酒泉,儿子这个房间窜到那个房间,有姥姥和奶奶,有爸爸和妈妈,玩儿得不亦乐乎。过马路姥姥和奶奶一起牵着他,他累了,不是趴在奶奶背上,就是让姥姥抱着。我说:"姥姥累了,奶奶抱不动你了。"儿子说:"我还小,就得抱我背我。"

我恍惚觉得,儿子就是自己。——可我现在已经没有了撒娇的权利。这多悲哀! 到 3 月份,天气持续回暖。母亲一再要回家。三月底,上级通知我去解放军艺术学院参加一个培训。我和母亲一起到北京。一路上,从尚还荒芜的西北高地一直到绿草萌发的北京,母亲坐在铺位上,一直朝外看。在办事处住下,第二天刚好是清明节,带母亲去天安门。她很早前就说:"啥时候能去看看天安门,看看毛主席,就了了心愿了。"

母亲1948年生,那个时代的农民,最想的就是到首都天安门去看看,还要瞻仰一下对他们影响最深刻的毛主席遗容。我没说什么。和她一起从地铁军事博物馆站上车。可惜人太多了,怕母亲被挤着,到长安街打车。母亲如愿以偿,我以天安门为背景给她照了好多相片,又去广场陪她一起瞻仰毛主席遗容。

又去午门,人很多。母亲说:"这以前是皇帝住的地方。看起来就是好啰!"我嗯了一声,说:"午门以前是处决犯人的地方,不知道多少人在这儿被砍下了脑袋。有的是心如明镜,有的是稀里糊涂。"母亲哦了一声,说:"那咱去那边看看吧。"

把母亲送上回家的车,表妹去接。我则留在北京,参加为期一个月的培训。地址在中关村南大街,他们说的魏公村。整整一个月,北京的天气干冷,不见太阳。站在迟开的玉兰花树前,看周边的天空,阴霾、沉重得如世界末日。玉树地震时,又没有电视和其他媒体可看,就用手机在网上搜索。——又有很多人死了,我特别沮丧。还想到,与父亲病逝相比,那些在地质灾害中逝去的人是悲惨的,生命被强行终止,且带着各种各样的厄难与疼痛。

在宿舍里,我们向那些死去的人们默哀,向那些与父亲与我们同样的生命的消亡发出内心的悲哀之声。

很多时候坐在课堂上听人讲课。第一次见到莫言,他的一些感悟或者说主张是我所喜欢的。我觉得,文学应当是一个人内心的理想国,是一个人勾勒的纷攘世界以及对那个世界的自我设置与摹写。当然,文学是探究和呈现人心人性,并且将人心和人性之深度与样貌进行典型化表达、塑造的艺术门类。甚或,文学的形式或者视角也可以决定文学的内容及其想要的艺术境界。

莫言说:"在小说创作里面,有时候视角就是结构。视角不断的眼花缭乱的变化,就构成了这部小说的这种结构。

"由于近几十年来受翻译文学的影响,许多作家的小说语言已变得异常的优雅细腻,我们日常生活当中和民间语言所寄予的粗犷奔放朴拙的东西渐渐见不到了。……造成这种状况的源头不是民间,而是在我们的翻译小说。

"作家不应该回避社会上一些敏感、尖锐、复杂的问题。应该直面它。有胆量直面它。"(全文载《西部》2010年第8期)

如此种种,我坐在那里听,不提问,还用手机录了音。他们提问的时候,我觉得所以然和不所以然。下课后,我对同房间的钱说:这一次,我最大的收获不是认识了谁,而是莫言所讲的,我现在已经想到或者意识到了,只是在才力不及、勇气缺乏、创造力浅薄且对某些方式方法不掌握——这种认知或者说体验,我在许多地方对很多朋友讲过。在思想上我们是萎缩了的,是被现实利益打垮、挤出脓水来的一群,也是在艺术上喜欢追踪模仿甚至东施效颦的可悲结果。

从这所学院毕业的卢说:魏公村似乎是魏忠贤的丘冢所在地。住在四层的楼房里,四月了还冷如冰窖。我想到那个阉人,在600余年前的北京,是叱咤风云的,以失去男根的代价在明朝的天空下杀人无数,敛财无数,死之后,也不过一座坟丘。和同屋的钱去了一次后海,蹬三轮的车夫说了好多奇闻趣事。我忽然想起英国小说家萨克雷的《名利场》,感觉自己就像是《红楼梦》里那个进了大观园的刘姥姥。一方面深感自卑和寡陋,一方面觉得不可思议,很多事实与平时在书上看到的截然相反。我想这游人如织的后海,喧闹之下有着那么多的匪夷所思。

后来趁周末去圆明园,和远道而来的朋友。春天的颐和园到处都是绿草和花朵,破旧的废墟,在游人的各种姿势与声音中显得异常热闹。在我看来,这种热闹多少与圆明园的气氛及历史不相适宜。清皇帝们代代接力,将圆明园修筑得华丽堂皇,巍峨奇巧,且天下奇珍异宝,尽数陈列,巍峨宫阙,耀人眼目。可抵不住一阵炮响,那些穿高脚靴子、持枪挥刀的人,一阵喧闹和轰踏,庞大的皇家园林成为今天的废墟。

在林间和废墟前,我对朋友说,这废墟实际是在每个人的心里,每个人的灵魂中。来看圆明园的人,几乎都想见识一下这座皇家园林昔日的奢华与辉煌,但看后也大都会无比沮丧。人们总是渴望美的、庞大的永久留存,可恰恰是美的和庞大的,却是最容易消失和被消失的,如历朝历代,王朝何其汹涌,气势何等庞然,而现在,也都遍寻无踪,灰飞烟灭得犹如梦魇了。

和朋友行走间,无意听到好多人操着不同口音说:要是圆明园现在还完好无缺那该多好!

然后没了下文,看着他们的背影,我心里更加惆怅。到远瀛观高台之类的废墟,我和朋友作姿留影,触摸着残损的巨石以及它们身上好看的花纹,我忽然觉得一阵冷,是那种从心里窜出来的冷,不觉兴味索然。沿来路返回,在一座已经坍塌的石拱桥侧坐下,看着夕阳光晕越发浓重,探水的柳枝不时被游鸭撞动。我对朋友说,这座园子太大了,所经受的历史及其厄难也太富有意味了,一个人坐在里面,会觉得整个世界都空空如也。

在北京,隔三差五打电话给母亲,母亲说:"回来后很好。"我说你再也不要像以前那样那么操心了,该孩子们的事情就推给他们,没事就带上萱萱(弟弟的二女儿)去小姨妈或姈子家转转。母亲说:"你小姨夫的糖尿病更厉害了,一只眼睛看不到东西了。"我吃惊而黯然。对母亲说:"亲戚们也都老了,多去看看、走走、散散心,看看他们。都好着就好。"母亲说:"我是隔不了三天就去你小姨家一次。"

我说我想培训结束后回去看看。母亲说:"我刚回来,家里也没啥事。"我说,就是想回去看看。母亲说:"没事就不要回来了,花那个钱不值当。"我嗫嚅说:"清明节没赶上给俺爹上坟,想去看看。"母亲说:"傻孩子,咱这儿除了清明节和农历十月一,是不敢去上坟的。你不知道?"我懵了一下。母亲所说的这个禁忌或者风俗,我确实不知道。离家近20年了,许多的民俗和禁忌基本上忘光了。

我想:如果回去不去给父亲上坟,不到他坟前磕几个响头,回老家确实没了要做的事情,只好作罢。乘坐 T69 次列车返回西北的时候,路过邢台和沙河,我站在车窗前,看着在黑夜中奇峰连绵的南太行。我用手指在玻璃上指了指父亲埋身的方向,心中悲伤,眼泪流下。我想,这一生我都将是悲伤的,因为父亲,这个世间与我血肉相连、灵魂相依的男人,他没了,我总觉得孤零零地,前胸后背都漏风。

巴丹吉林的春天短暂,一眨眼,就跟着最后一片梨花消失了。夏天

来了，儿子重新住到母亲睡了大半年的房间。有时候路过，我会不自主地喊一声娘，很快又哑然失笑。8月8日，舟曲发生泥石流灾难，我正在上班，母亲打来电话，问我好不好，我说好着呢娘。母亲松了一口气说，"听说甘肃'泥石流'了，一下子死了好多人。"我说那是舟曲！母亲说："没事就好。我也捐了100块钱。"我笑笑，说："娘，捐得好，应当捐的。"

从电视画面看，舟曲的惨状，心里有一种被撕裂的疼。我想，父亲的死是安详的，尽管疾病折磨，年岁还小，但在玉树和舟曲，那些死去的人，有的在睡梦中就没了！有的孩子很小就没了爹娘，有的新婚夫妇双双离开……他们的儿女和父母亲的疼痛和悲伤肯定比我失去父亲更强烈。

8月中旬，受成都军区裴山山老师指派，去"8·14"发生大规模泥石流的四川汶川县映秀镇采访一个先进集体。去之前，没敢给母亲说，怕她担心。乘机前，我得到消息，要采访的那个集体尚在舟曲抢险，第二天又说转到了映秀镇。——我开始想从天水绕道去舟曲，一个是完成采访，一个是亲眼看看经受泥石流灾难的舟曲和舟曲人。我虽然不能做什么，但有一身力气，不能挽回那些罹难者的生命，但可以低头向他们的亡灵表示哀悼。

趁着细雨到映秀，岷江洪水横冲直撞，红椿沟、老虎嘴以及映秀镇地震遗址旁的山坡多处垮塌。下车后，我想到地震遗址看看，向"5·12"大地震死难者的亡灵默哀，可连续的暴雨乃至重建，废墟已经所剩无几。坐在木板房里，我一直觉得，自己所在的位置以前肯定是民居，2008年"5·12"大地震中，肯定有过很多痛彻心扉的伤亡与悲怆的哭喊。

夜晚，枕着岷江映秀段如雷的洪水声，我怎么也睡不着。脑子里重复着"5·12"时的电视画面，觉得了一种惊悸与悲哀。想起威廉·福克纳的一句话："人类之所以永存，不在于万物之中唯有他能连绵不绝地发生声音，而在于他有灵魂，有一种同情、奉献和忍耐的精神。"（《接受诺贝尔文学奖时的演说》1950年12月10日）

9月底再去北京，回老家看望母亲和患病的姑夫、小姨夫，仅仅一天,晚上住在小姨妈家。母亲没有问我为什么不在自家住,其实她心里知道。回到家里,看到一切一如父亲生前,他的照片挂在墙上,他遗下的各种家具和工具也还都在,哪怕是院子的那些土和那几棵树,都经历过他的手掌。——离开的那天早上,路过父亲坟茔时,迎着风,我哭了。朝埋他的地方看——地里的秋玉米正在成熟,周边的树木冠盖茂盛——父亲小小的坟茔,只是一座山的一部分,毫不起眼,近乎乌有,尽管他在我内心异常地隆重和强大。

几个月后,冬天刚刚来到,患肺癌的姑夫也去了。听到消息,我喃喃说:"人活得太快了。这样的一种悲伤,我们一生都"在劫难逃"。